打卡的青春

庞涛——著

江苏凤凰文艺出版社
JIANGSU PHOENIX LITERATURE AND ART PUBLISHING

图书在版编目（CIP）数据

打卡的青春 / 庞涛著. —南京：江苏凤凰文艺出版社，2022.6

ISBN 978 - 7 - 5594 - 2994 - 0

Ⅰ. ①打… Ⅱ. ①庞… Ⅲ. ①诗集—中国—当代 Ⅳ. ①I227

中国版本图书馆 CIP 数据核字(2022)第 081235 号

打卡的青春

庞涛 著

责任编辑 孙金荣
责任印制 刘 巍
出版发行 江苏凤凰文艺出版社
南京市中央路 165 号，邮编：210009
网 址 http://www.jswenyi.com
印 刷 江苏凤凰数码印务有限公司
开 本 890 毫米×1240 毫米 1/32
印 张 8.5
字 数 150 千字
版 次 2022 年 6 月第 1 版
印 次 2022 年 6 月第 1 次印刷
书 号 ISBN 978 - 7 - 5594 - 2994 - 0
定 价 55.00 元

目录

第二辑　青春站台

第三辑　时光旅程

第四辑　四季风情

第五辑　悟道人生

序

青春嘹亮的诗意弥漫

峭 岩

诗歌，作为一种精神寄托，抑或一种与外部接通的“渠道”，无疑是个明智的选择。谁拥有了它，就拥有了诗歌的价值，也就拥有了一种心境。然而，由此捕获的精神火焰，乃至认知世界、窥探内心、塑造自我、回馈世界，都是一个了不得的精神修炼。由此而抵达的内部与外部世界，肯定是一种超俗致远的诗意图腾。

谁拥有了它，谁就是智性的自由人。

庞涛，就是高蹈于诗意之上的诗人，因此，他是智性的自由人。

庞涛的新诗集《打卡的青春》聚焦在“青春”上，是立意也是造境，是书写也是主张，他把青春作为人生的底色，观察外部世界，回归自我宇宙，就打开了一个全新的诗意气场，从此出发，迎来了一片崭新的诗意天地。

青春，在这里作为诗人的一种气场，也奠定了所有诗歌的强大根基。是啊，“青春，是一种难忘；青春，是一种流泪的苦难；青春，是贫穷的陪伴，无畏的勇敢。在青春的旅途上，每一个足迹都是眷恋，每一点悸动都是发现。”显然，青春作为诗人的精神支点，他在这个制高点上站立，也在这个制高点上俯瞰世界。

这是我读到的庞涛的第三本诗集。其内容由“信仰灯塔”“青春站台”“时光旅程”“四季风情”和“悟道人生”五个部分组成。从内容上看，诗人涉猎两大块，即主旋律事件与生活情事。我发现，作为一个金融战线上的工作者，除了关注他身边所发生的一些该有的事务和细节，更抢眼的是，他极大地关注了国家、民族、社会层面所发生的重大事件。诸如建党、建国、建军，脱贫攻坚奔小康，以及高科技发展的最新亮点，他都有诗记录在案。

我要说的是，对于主旋律事件的处理他都从个人的视觉进入，避开了面对面的直接书写，而是从自己的感悟出发，用诗歌的独特视角，吐露了不一样的体悟和表达。当然，在以诗表达身边的细小事件时，也都彰显了诗人的独特个性和独特的语境表达，这与过去庞涛给我的印象，就有了非常突出的变化；果断地说，庞涛有了诗的书写的新途径，已攀爬到了另一个标高。

我欣喜地发现，在手法的运用上他有了创新的意识，而且有了好的开端。这更多地体现在表现手法和语言的组合上。无疑，他的诗在手法上是传统与现代的糅合。很明显，传统的铁骨风韵与现代的审美诉求，两者齐驱并进，又有着博弈的痕迹。但都在审美的共识下得到了和解。

我一直喜欢中国传统诗歌的那种“大江东去，浪淘尽，千古风流人物”、“飞流直下三千尺，疑是银河落九天”的豪迈气概，也喜欢“知否，知否，应是绿肥红瘦”的婉约风韵。这与今天的所谓回归“自我”的表达、轻浅的歌吟有很大的反差。是的，身处多元复合体的我们，审美需求多元了，生活附加于我们的因素多项了，但我们不应牺牲传统而应和当下。在传统与现代的碰撞中，寻找适合我们行走的路径，是唯一的选择。

也许，庞涛的诗歌做了尝试。他是探险者，又是创造者。应该说在高度物质化的今天，他保留了精神的高度，在诗歌的创新上有所拓展。比如：“青春的样子/应该是什么样的风景？/是航天舱一瞥深情的回眸/是珠峰巅丈量高程的旗手/是脱贫路披星戴月的明灯/所有的选择啊/都用梦想与气魄书写春秋”。这是纪念建党百年的诗句。诗的视觉从神圣的高度，转移到身边的可感事物，不是故弄玄虚，却掷地有声。

诗人的功力，在于怎样处理生活现实和诗歌现实的转换，这中间有一个华丽转身。无论诗人拥有怎样的生活，掌控何种技能，当他以“诗人”的角色进入时，已站上社会的、精神的、艺术的高度。原来的生活要放进去过滤、净化、提纯，转换成另一种文化形态——诗歌。这种形态不是生活的复制，而是对生活提炼凝聚后的艺术结晶体。

庞涛多年从事金融工作，但他没有被工作的制度性、政策性、数字化所束缚，而是跳出职业的藩篱，以一种文化的视角反观自身，把金融工作提高到一个形象高度，“带上雨伞赶路/或许你就不会失落/责任开启命运导航/定力精准价值走向/不要纠结职业围城的困惑/不要质疑幸福标准是什么/热爱生活/就会无畏花开花落/不负生活/就会春风荡漾心河”。这是献给战斗在一线的金融工作者的诗，形象、动情而温暖。

同样，他很善于捕捉生活细节，加以诗意地升华。“用起早贪黑的针线/去缝补岁月的衣衫/让生活的装扮更加灿烂/一朵云，一个梦想/心是风雨无阻的罗盘/每一个刻度都是生命的起点”（《不会贱卖一缕阳光》）；“人，行走在世上/姿态，应该像树一样/不但独立，而且坚强/无悔守望倾情的远方”（《姿态，应该像树一样》）；“扯一朵白云/让它带走烦恼自由飘荡/抹一把泪水/让所有的委屈尽情流淌/唱一首情歌/让满心的思念痛彻释放/…………/魂断秋水一方/倾诉万般衷肠/每当否极泰来的时候/你已坐在自渡的船上”（《自渡》）。

这些来自生活、来自心灵、来自痛彻感悟的诗句，应该说是生活化蝶的诗的结晶体。当然，从嘹亮的、节奏的体势中跳出来，结构更符合当代人审美阅读的诉求，还有努力探索的空间。

说到底，诗歌的力量来自体势、意象、语言的巧妙契合。三者合力组成的形态即诗歌的意志所传递的深刻性，构成艺术的整体。只有此等奇迹是诗歌的必然结果，也是诗人不断跋涉的理由。

庞涛是青春的，和本集书名一样，在不断打卡的青春步伐中，一定会有更美的诗歌诞生。

此为序。

2022年3月14日于北京

峭岩

原解放军出版社副社长兼编审，解放军艺术学院文学系主任、政委。 中国作家协会会员，国际华文诗人笔会常务主席。 出版著作有短诗集《星星，母亲的眼睛》《浪漫军旅》等，叙事长诗《高尚的人》《静静的白桦林》《一个士兵和一个时代的歌》《遵义诗笔记》《赵一曼》《仰望》《烛火之殇——李大钊诗传》《跪你一千年——写给文成公主的 99 首情诗》《萧萧班马鸣——萧军诗传》《落红——萧红诗传》等著作 50 余部。 2014 年解放军文艺出版社出版《峭岩文集》12 卷，50 余部。 1994 年，经总政治部批准接受德国电视台采访，向国外宣传。 其作品多次荣获全军文艺作品一等奖、优秀作品奖。 荣获“中国首届新国风杰出诗人奖”、第十五届（昆明）国际诗人笔会授予的“中国当代诗人杰出贡献金奖”、新诗百年全球华语诗人“杰出贡献奖”等。 享受国务院特殊贡献津贴。

前言

打卡的青春

行色匆匆的凌晨
让夜露吻湿你的衣襟
要赶在黎明之前
把一日忠诚献给黄昏

每一串足迹
都是对责任担当的鉴印
在成与败的博弈里
绽放生命的花蕊

一年又一年
挑战被写入四季轮回
所有成长的烦恼
在爆竹声声中炸碎

不要碾压过去
人生本是一只多彩画笔
若问当下的意义
打卡无悔是最美的青春

第一辑 — BEACON OF FAITH

信仰灯塔

别总是感觉命运不公
所有仰望的背后
皆是绝处逢生
——《仰望》

军魂颂

什么是军魂？
那是大漠孤烟的纵横驰骋
那是边境界碑的浴血抗争
那是掩体战壕的待命冲锋
那是万里长空的鏖战雄鹰

什么是军魂？
那是烽火硝烟的义无反顾
那是抗洪抢险的风雨无阻
那是拥军爱民的鱼水之情
那是沙场点兵的威武神勇

什么是军魂？
那是纪律号令的坚定执行
那是抛家为国的奉献牺牲
那是创业发展的开路先锋
那是预备召唤的不辱使命

什么是军魂？
那是情寄千里的月下坚守
那是生死与共的亲密战友

那是父母妻儿的至上光荣
那是戍守祖国的钢铁长城

这就是军魂
它是民族气节的特征
它是热血铸就的忠诚
这就是军魂
它奔流在时代的长河里
它飘扬在战旗的猎猎中

军魂啊，你与日月长明
军魂啊，你与祖国同生！

自豪的诞辰

——贺中华人民共和国成立69周年

当国旗升起的时候
神州处处洒满微笑
在您的眼神里
河山是那样壮丽妖娆
儿女是那样智慧勤劳
在您的额头上
烙下了69年的风雨煎熬
记载了69年的崛起自豪
在您的双手上
托起了华夏文明的荣耀
开辟了富民强国的栈道
伟大的诞辰
弘扬了民族文化风骚
冲破了霸权主义桎梏
迈步在“一带一路”上
唱出最动人的歌谣
扬帆在奋进征程上
筑起中国梦的地标
啊，伟大的华诞

是欢庆鼓舞的心跳
啊，自豪的中国
您是世界最美的图标！

相守的力量

——庆祝《连云港文学》创刊 50 周年

缕缕飘来的芳香
浸透那岁月发黄的纸张
沉淀五十载的厚重
把一本刊物打磨成典藏

那是一口深邃的井
文字化成了信念的杂粮
无数的梦想者
在这里酿造激情与成长

那是一片蔚蓝的天
读者见证了璀璨的星光
涂鸦的先行者
在这里体验萧瑟与期望

那是一首悠长的歌
旋律记载了奋进的远方
命运的主宰者
在这里跋涉执着与铿锵

那是一盏守望的灯
荒原点亮了文明的光芒
忠诚的殉道者
在这里耕耘贫瘠与富强

那是一条接力的路
求索定力了创新的走向
勇敢的践行者
在这里传承卓越与辉煌

一篇又一篇的叙说
一首又一首的咏唱
栉风沐雨的寻觅与遥望
捧出无悔的初心
一路感恩，相守的力量

大国大民

——贺中国共产党建党 100 周年

站在这块土地上
你会为之痴情，为之倾倒
因为——
有青山绿水的多姿多娇
有塞外江南的花繁枝俏
还有长城内外的万里雪飘

五千年的时光中
记载多少悲壮，多少风骚
因为——
有蛮荒演变的远古栈道
有金戈铁马的浴血征讨
还有改天换地的巨澜狂飙

时代变革的奇迹里
见证凤凰涅槃，雄鸡报晓
因为——
有开国大典的隆隆礼炮
有南方谈话的春天歌谣

还有富国强民的崛起赶超

一个民族，一个魂魄
一只锤子，一把镰刀
信仰构筑梦想家园的美好
追求撑起伟大祖国的自豪
大国大民啊，如日月辉耀！

追寻

多少伟大都启程于信仰
多少梦想都根植于坚强
既然选择了春天
就要穿越夏秋冬的时光
既然有了启明星导航
夸父就不会迷失方向
青春的臂膀，赋予了
扛起镰刀锤头行走的力量
踏过了一百年的山山水水
扶起了一个民族的辉煌
翻开古老的荣辱扉页
血煮咆哮的黄河长江
含着泪我一读再读
却不得不承认
追寻就是一种神圣的担当

我把责任扛在肩上

有山海为证
无论是迎来璀璨的朝阳
还是送走夜幕下的月光
我都用汗水给春天种满庄稼
留给秋季一个金色的向往
在皑皑白雪的冬天
去静静地分享
我把责任扛在肩上

重回延安

——庆祝中国共产党建党100周年

天地让路，风光无限
宝塔山矗立天地之间
声声秦风信天游回荡耳畔
弥漫着战火记忆的云烟
红色的枣园里
刻录着初心不改的信念

那里的一道道坎
崎岖突兀，叠嶂重峦
见证了伟人星火燎原的灼见
根本的宗旨里
奉行为人民服务的箴言

那里的一首首秧歌
难忘那梦中安塞腰鼓喧天
粗犷洒脱，柔美婉转
绽放着人民当家做主的笑颜
激荡的延河，无声的黄土地
回味着峥嵘岁月的甘甜

那里的小米飘香，瓜汤味鲜
陕北的公学，梁家河窑洞，
还有山清水秀的延川
一草一木的南泥湾啊
处处焕发着自力更生的乐观
呈现着一派振兴崛起的巨变

那里的一片片天
白云飘荡，彩霞绚烂
放飞着乘风破浪的风帆
圣地的摇篮
诠释着中华振兴崛起的内涵

无论是谁啊
一踩上这片神圣的红土地
心潮起伏，万千感叹
延安啊，是你
让多少人在这里成长历练
延安啊，是你
让中国革命从这里走上峰巅

重回延安，旧貌新颜
感怀十三载春秋岁月
重温新中国红色经典
指点万里江山
坐拥华夏当今最高伟度

励志民族强盛奋勇向前
伟大的延安精神
相传代代，代代相传

追逐

因为坚信有一种可能
便不舍弃这一把热情
在欲壑难平的大海，扬帆
自己便成了命运的航程
有成功的惠风
就有失败的骤雨
只有远方的岸才是最美的风景
名利是心的暗礁
追逐模糊了人类的眼睛
快造一艘诺亚方舟
捧出明月，送来清风

走向天宫

——贺神舟十二号载人飞船发射成功

乘坐神舟飞船
穿越迢迢星汉
入住天宫里的家园
遨游中国的太空工作站
浩渺无际的苍穹，曾有
多少拷问，多少神幻
不老的嫦娥奔月
肃穆的金阙银銮，未知
从瑶池到大罗天有多远
无尽的奥秘求索
梦圆伟大的飞天
回望走出地球的天梯
付出无畏的智慧挑战
作别地球故土
布局宇宙发展
不争科技主宰的霸权
只做航天大国的典范
啊，弄潮银河浩瀚
肆意天上人间

勋章

——写在建党 100 周年“七一勋章”颁授仪式之际

挂在胸前，便听见
血雨腥风的声声呐喊
还能看见
峥嵘岁月的千辛万难

捧在怀中，便走进
拼搏奉献的无悔昨天
还会想起
丹心化碧的不朽诗篇

一种荣耀，一种风范
不知趟过了多少河
也不知跨过多少坎
立下青史如镜的箴言

勋章是对忠诚的发现
无论走了多远
日子又多么平淡
信仰都是伟大的原点

祖国，我该怎样去陪伴

祖国，我该怎样去陪伴
在你脊背如弓，步履蹒跚的昨天
你那混浊的双眸里
噙满多少世事维艰，沧海桑田
而我只有一个心愿
就是我的陪伴不让你伤痛心寒
哪怕这一点点情意
仅似你母爱海洋里的一条小船

祖国，我该怎样去陪伴
在你梦萦魂牵，千呼万唤的今天
你那焦灼的愁容里
包含多少生死忧患，前世今缘
而我只有一个信念
就是我的陪伴不让你羞愧无颜
哪怕这一声声召唤
仅似你良知宇宙里的一支响箭

祖国，我该怎样去陪伴
在你金戈铁马，挥师挺进的明天
你那自信的神情里

孕育多少坚贞不屈，民族风范
而我只有一个誓言
就是我的陪伴不让你错失良缘
哪怕这一次次放飞
仅似你历史星空里的一瞬璀璨

于是，我把感恩的泪洒在胸前
我想站在高山之巅
扯着你锦绣的霓裳呐喊
华夏的儿女们啊
最好的陪伴是心与心的共颤

足迹

从昨天走到今天
星雨见证一路的云烟
从过去走向未来
心灵回荡着跋涉的斑斓
从愚昧走进文明
时代演绎着变革的壮观
给每个日子都赋予温度
让人生放飞在春天
给每个目标都种下希望
让信仰昂首在峰巅
给每个星辰都倾情邀约
让自信绽放在眉间
足迹，印下了深浅一串
岁月，凝固了经典渊源

中国红的骄傲

——写在孟晚舟获释回国之时

胜利了！ 祖国
终于可以回家了
委屈的脸上洒满微笑
含泪的眼睛里红旗飘飘
激动的心荡起狂飙
祖国啊，您可曾知道
再坚强的女儿
也离不开母亲的怀抱
祖国啊，您可曾知道
面对强权掠夺
有你的强大撑腰真好
祖国啊，你可曾知道
落后就要挨打
能做您的儿女多么荣耀
祖国啊，您可曾知道
有五星红旗的地方
就有信念的灯塔
有灯塔的地方
就有中国红的骄傲

胜利了！ 祖国
女儿，为十月秋风沉醉
女儿，为伟大祖国自豪
回家的感觉真好

血性

——观看电影《我与我的父辈们》有感

那是一种伟大的气节
面对挑战的从容不迫
它的反面是懦弱
当真理碰到强盗逻辑时
哪怕还剩一匹战马
一把战刀，一只手臂
也要风卷残云地砍过去
决不会退却
没有主权哪有独立和自我
一个民族的伟大和尊严
就是这种血性的赞歌

自渡

扯一朵白云
让它带走烦恼自由飘荡
抹一把泪水
让所有的委屈尽情流淌
唱一首情歌
让满心的思念彻底释放
芦花絮飞远扬
那是季节成熟的遥望
窗含孤月星光
那是梦萦魂牵的感伤
魂断秋水一方
诉倾万般衷肠
每当否极泰来的时候
你已坐在自渡的船上

仰望

一棵树成了风景
源于挺立在悬崖的缝隙中
一朵花夺人眼球
源于绽放在干涸的沙漠中
只要有一息尚存
就能让奇迹发生
别总是感觉命运不公
所有仰望的背后
皆是绝处逢生

信任

面对生命垂危
可以束手无策
也可以去放手一搏
绝处逢生的奇迹
常常留给了被信任者
高山让道给江河
是包容的选择
强者赢在心态的正确
是豁达的风格
人性少一分质疑
生命就会多一缕光泽
情感少一分拉扯
人间就会多一分和谐
把信任捧给对方
心路走得会更远更执着

点赞

风声鹤唳的夜晚
我在暗自祈祷
当微信来时
能为你举起大拇指
点赞，叫好

无论岁月是激荡
还是静好
那份守望依然未少
灯塔下，照亮了
你初心不改的微笑

曾经的故事
化作风霜雨雪下的寻找
多少期待的花蕊
献给义无反顾的奔跑

既爱北国的雪飘
也沉醉南方的炙烤
于是，点赞
成了一种习惯和嗜好

领航

——写在2022年北京冬季奥运会开幕之际

雪花是冬季的霓裳
用一缕梅香沉醉了八方
春天被藏在杨柳的发梢上
你悄悄告诉大地
我来是为了茂盛领航

冰川是凝固的海浪
用巍峨托起奔腾的向往
希望萌生在跋涉的旅途上
你悄悄告诉海洋
我来是为了远方领航

冰场是强者的天堂
用惊叹征服评委的堤防
成功绽放在挑战的无畏上
你悄悄告诉奖牌
我来是为了梦想领航

曾几何时

一切都是晶莹透亮
一切都是素裹银装
你把一个最最难熬的季节
过得意气飞扬
脚踏酷寒，心向春天
冰雪，你为中国领航

国风，从冰雪之上吹过

——题写 2022 年北京冬季奥运会开幕式

一把“微火”
点亮天地，启迪蛮荒
幻发了人类进程的希望之光

一块“冰立方”，
碎裂隔阂，内圆外方
“破冰”世界融通的“五环”桥梁

一滴水墨
倾泻而下，势不可挡
谱写“黄河之水天上来”的国殇

一朵雪花
飘飘洒洒，纷纷扬扬
构建了“协和万邦”地球村庄

一棵“迎客松”
友谊至上，张开臂膀
见证了热情好客的礼仪之邦

一粒种子
拔节而生，润泽春芳
二十四节气传递成长的力量

一面红旗
手手相传，猎猎飘扬
传递出荣辱与共的使命担当

一个鸟巢
敞开胸怀，穿越“门窗”
奔向力与美竞逐的伟大赛场

“冰墩墩”，“雪容融”
中国元素，冬奥形象
在这极寒的世界里
春的生机为美好未来领航
啊，温暖的国风
正从冰雪之上缕缕飞扬

敬仰一种气节

无论何时何地
我都敬仰一种气节
尊严上绽放的最美花朵
天地间大写的人格

高山下的花环上
苍松翠柏丛林里
我找到一种无畏的气节
那是舍生取义的忠烈

珠穆朗玛的峰尖上
“两弹一星”的火光里
我找到一种自强的气节
那是民族崛起的巍峨

狂沙漫舞的边疆上
贫瘠落后的村落里
我找到一种担当的气节
那是为民尽责的炽热

“一带一路”的航线上

“一国两制”的策略里
我找到一种卓越的气节
那是不惧霸权的魂魄

科技强国的征途上
举国战疫的病房里
我找到一种不屈的气节
那是奋发图强的抉择

敬仰一种伟大气节
结晶在苦难的岁月
升华在筑梦的坎坷
那是华夏儿女洒下的血

姿态，应该像树一样

人，行走在世上
姿态，应该像树一样
不但独立，而且坚强
无悔守望那倾情的远方

根植大地
吮尽芳华的玉露琼浆
奋力生长
从不奢求被施舍的力量

向上，撑起杈桠的气象
保持顶天立地的形状
无论风雪雨霜
每天都活出个意气昂扬

这世界很重啊
压不垮对生活的希望
信念，如树干般的脊梁
落叶飞舞
唱响千年不朽的华章

无论你在哪里
有心光闪耀的地方
就会长出参天的梦想
姿态啊，应该像树一样

“冰雕连”的国殇

长津湖的风
凄厉，钻心的疼
如刀一样割裂着戎装
用血肉之躯抗击美帝豺狼
在麻木的恍惚里
心中默念我的祖国

皑皑的白雪
一动不动地潜伏
三天的无眠无水无粮
“冰雕”成了你最后的形象
在奄奄一息之际
心中默念我的祖国

静静的病房
泪水湿透衣裳
面对失去四肢的绝望
只剩下生不如死的彷徨
在痛彻的哀悼时
心中默念我的祖国

肃穆的墓碑前
阴阳之隔两相望
回首战火纷飞的疆场
血与泪冰筑了伟大坚强
在和平的春光中
心中默念我的祖国

“冰雕连”的群像啊
忠诚写下不朽的荣光
那目视前方的卧姿
化作千古流芳的信仰
与山河共存
与日月共长

点亮心灯

我期盼霞光璀璨的黎明
也敬畏夕阳的温馨从容
在人生进取的历程上
或是风雨雷电
或是春和景明
选择不是一次无畏的赌注
要去给命运点亮一盏心灯
让足下铿锵有声
让岁月砥砺有情
渔歌唱晚，任凭瀚海狂飙起
春暖花开，云卷云舒荡歌声
成功不是看到最美的风景
而是让自己成为风景后的心情！
最幸福的日子啊
那是带着温暖和光明在前行！

底气

无论在什么时候
心中都会洒满霞光
即便四季的风雨
也阻挡不住自信坚强

或许生活的重压
让你碾碎了无数梦想
迈出执着的脚步
总能趟出成功的希望

爬过一座座的山
趟过一条条的河
让每一个成长日子
打磨收获未来的光亮

在命运的天宇里
尽情瞭望思念的远方
把无畏的底气
深深埋藏在坚实胸膛

远见

即便站在峰巅
也难看到大海的彼岸
心是最遥远的帆
风告诉你能走多远
舀上一勺海水
世界就会星光灿烂
喊出一声回响
时光穿越万壑群山
当下的见证
难铸尘封千载的恒言
距离不等于长短
历史是无数个昨天
蜗居的日子
一样升腾起大漠孤烟
生活的风景啊
尽收真谛发现的慧眼

生命的长度

精彩的人生
从峰巅到低谷需要多长时间
回答：瞬间
一旦跌落，便有了加速度
有时仅需要一次检测
马拉多纳把辉煌终结于 1997 年
足球的伟大梦想
终止于博卡与阿根蒂诺斯的一场比赛
可卡因终止了他的步伐
那些属于他的世界坍塌了
那些属于他的光环熄灭了
当走出了自律的笼子
生命的长度也就回到原点

岛神

如同一片枫叶
诠释了整个秋天的意义
海岛坚守的岁月
见证了另一种人生价值
飘渺无际的大海
认定了一段忠诚的传奇
停靠岸边的小船
似乎还在回忆
那些相伴的日子
盘旋鸣叫的海鸥
一直在寻找昔日的主人
只有那些伤心的浪花
在反复地告慰
他没离去
他没离去……
他就是岛上那面永远飘扬的旗

我不去想

我不去想
那金色的童年
成长的困惑洒满心间

我不去想
那梦幻的青年
励志的挑战有酸有甜

我不去想
那苦涩的中年
担当的使命重如泰山

我不去想
那未来的老年
生命的意义该如何收官

走不完的四季循环
道不尽人情冷暖
沧海桑田
世事多艰
不论今夕是何年
我还要活它五百年

第二辑 — PLATFORM OF YOUTH

青春站台

捧着一颗初心赶路
栉风沐雨的成长
一半来享受阳光
另一半去做事业栋梁
——《长成梦想中的模样》

一瓶水的故事

一瓶水的故事
是一年如一日地专注
从“农夫山泉有点甜”的口感
品出了“慢工出细活”的套路
卖水，也能成为亚洲首富
不可思议的背后
真的看不透
因为水没想到成了故事
而故事也没想到成了水
也许，这就是市场魔咒

难忘，青春的光环

无论你走了多远
青春，那是最难忘的从前
或是一首歌，一条路
或是一场雪，一棵树
欢笑的瞬间，流泪的苦难
贫寒的陪伴，无畏的勇敢
回首间，每一个足迹都是眷恋
记忆里，每一点悸动都是发现
承载着激情和梦想
怀抱着追求和信念
还记得毕业纪念册上的祝福
还会为多少失落而难以入眠
既然绽放了青春的光环
就应给未来最美的春天

青春的样子

——献给中国共产党成立100周年

青春的样子
应该是什么样的风景？
是校园里勤学苦读的靓影
是运动场挑战极限的旋风
是舞台上唱响时代的歌星
所有的日子啊
都用浪漫和时尚演绎激情

青春的样子
应该是什么样的风景？
是航天舱一瞥深情的回眸
是珠峰巅丈量高程的旗手
是脱贫路披星戴月的明灯
所有的选择啊
都用梦想与气魄书写春秋

青春的样子
应该是什么样的风景？
是医院里抗疫天使的笑容

是涝灾区战洪斗魔的英雄
是火海中消防抢险的忠诚
所有的担当啊
都用热血与奉献铸就英名

青春的样子
应该是什么样的风景?
是直播间电商带货的网红
是边境线保家卫国的长城
是快递哥走街串巷的温情
所有的执着啊
都用平凡与敬业放大人生

青春的样子
应该是什么样的风景?
是推动社会变革的飓风
是担当富国强民的使命
是描绘和谐幸福的彩虹
所有的进程啊
都用无悔和信念唤醒黎明

青春的样子
它绽放在党旗下的峥嵘里
它闪亮在中国梦的拼搏中
无论现在和未来
都是人生最美的一道风景

站台

那个潮湿的站台
勾起了曾经走过的时代
真不敢去猜测
人生有多少巧合和意外
一次次从这里出发
又一次次从远方归来
为憧憬徘徊，也为失落感怀
为现实奔忙，也为梦想开采
心是没有尽头的轨道
穿越了时光的雾霾
雨夜，撑起了灵魂的华盖
让岁月变得可爱

中原行

——文学百花苑第五届颁奖典礼有感

一嗓子陕北民歌，味浓
一把把空心挂面，泪崩
五湖的邀约，四海的情
北方的冰洁，南方的风
千万里，圆梦风雨无阻
万般事，笃志心力无穷
夜露湿润了求索的双眸
执着挡不住铿锵的脚步
最美，莫过四月的风景
震撼，难抵黄河的奔涌
黄帝大会盟，安邦定国
文化立轴心，摇篮文明
诗词画赋通有无，来了
百花苑里结挚朋，聚了
曾记否，盛典星光耀苍穹
挥泪时，别离酒香韵更稠
啊，这沉醉的春风
啊，这难忘的中原之行

青春的月亮

遥远的月亮
总是挂在心灵的天空上
多少沉醉，又多少感伤
共赏婵娟千里的良辰
迎送圆缺阴晴的匆忙
举头仰望啊
不再为了思念的故乡
而是为了与生活一起成长
心怀夸父逐日的志向
行走在月挂中天的远方
满地的皎洁早已不是秋霜
而是一种青春的力量

我也想证明一下我自己

曾经做过很多努力
也走过山山水水
迎送了晨曦，穿越了四季
风风雨雨都在寻觅
我是谁？ 为了谁？ 去哪里？
天涯路，何处有芳菲
星光撒下一把夜露的泪
轻轻告慰，初心无悔
彩霞绕着白云飞
星汉迢迢追梦归
我也想证明一下我自己

出征

——写给2021“邦华杯”职业健美钻石联赛

健与美演绎力的神奇
每一块魅力的肌肉
诠释着四季打磨的风雨
行进的一串串足迹
铿锵着万里河山的回音
心是宇宙的支点
平衡出艺术的和谐雅韵
定格是一座巍峨的山
回眸是一片深情的海
静如皓月当空行云流水
动似金戈铁马惊天动地
无论走得多远
无论飞得多高
跋涉在梦想的星光里
出征，不只为征服岁月
也为了征服自己

心若菩提

——献给爱心诗人安娟英女士

有爱的地方
总是洒满慈善的星光
怀揣一颗感恩的心行走
世界温暖而又明亮
义举点燃神圣的火炬
一双信仰的佛手
放飞了贫困求知的希望

卖米的女孩

——追忆北大才女张培祥短暂芳华岁月

蹉跎

在卖场的一角
蹲着一对卖米的母女
他们在焦灼地期盼着买主
为了守住米的廉价底线
任凭烈日暴晒与饥饿
也顾不了
几十里山路的重压和坎坷
因为那每一分钱
都是父亲买药的希望来源
因为多一点收入
或许能让女孩再次走进校园
沉重的米担下
一个渴求读书的女孩
走进了众多关爱者的视线
尽管天资聪慧，品学兼优
也难以攀越生活重负的大山

小升初家庭无力承担
是姑姑圆了她读初中的心愿
重点初中读不下去了
无奈又转去了普通中学
同样，还是因为艰难
中考便报选择考了中专
校领导爱惜人才
硬是把她从考场路上拦了回来
她考上了最好的重点高中
然而，命运就是不公
生活变故再次出现
父亲肾结石，母亲乳腺癌
多难的女孩啊
悄悄放下书包外出打工赚钱
老校长多方查找动员
为她安心读书做出了承担
感动的泪水
让她穷且益坚，奋力登攀
她终于成功了
自强的花朵含笑绽放
带着走出崎岖大山的憧憬
她以高分梦圆北大
扬帆光明灿烂的人生航船

绽放

十八载的艰辛和困苦
没有打败这个自强的女孩

勤奋为她打开了希望之门
她终于站上了属于自己的舞台
多少梦想，多少期待
她以网名“飞花”去描绘未来
学业成绩一直名列前茅
奖学金每学期都能得到
在知识的海洋里
尽情着吮吸，奋力地奔跑
与此同时，也发掘了
自己的文学天赋和爱好
凭着一支生花妙笔
创作出了或长或短的文集
《飞花读红笔记》《卖米》
《七种乐器》…
火山一样喷发着她的才思和文采
北大未名 BBS 论坛
“飞花”早已风靡全国高校
她翻译的《你像你的狗一样快乐吗》
一经出版就是全国畅销
学习之余，她还给
北京电视台写电视剧脚本
协助湖南卫视做栏目策划
有时还担任嘉宾主持
现实让她赢得了成功的赞誉
未来又给她带来了诸多的期待
跋涉在梦想之路上
她走得执着，走得非凡

花谢

可惜啊，天妒英才
在她考上研究生后的寒假
身体出现了异样的感觉
过年在家时总是感冒
家人提醒，她总是说没事
忍着挺到第二年的七月
最终没有躲过癌症的魔咒
她被确诊白血病晚期
世事无常啊
一个不可逆转的不幸结果
她很痛苦，也很不甘
但没有为命运不公而抱怨
“即便世界以痛吻她
她却报之以歌”
从住院到离开人世四十余天里
她顽强地与病魔抗争着
以灿烂微笑去安慰身边的亲人
她在网友问候的回信中写道：
“即便是阴云漫天的日子
我也会记得昔日的阳光
并憧憬明日的温暖”
2003 年 8 月 27 日，这天
女孩张培祥含泪闭上了双眼
结束了她充满传奇的一生
带着无尽的悲伤和遗憾

带着人们的赞美和哀叹
她走了，她在网上
无限深情留下两个字“花谢”
北大破天荒为她举办了“追悼会”
她的骨灰一半留在家乡
另一半安葬在北京八宝山
以寄托她对亲人和母校的眷恋
或许，人生的意义
就是用尽全力，不留遗憾
二十四年的芳华岁月
很短暂，但她发奋图强
永不言弃的进取精神
成为励志寒门学子们的典范
一个卖米女孩的故事啊
化作人们心中绵绵不尽的思念

不会贱卖一缕阳光

用起早贪黑的针线
去缝补岁月的衣衫
让生活的装扮更加灿烂
一朵云，一个梦想
心是风雨无阻的罗盘
每一个刻度都是生命的起点
昨天，扬起信念的帆
今天，启航意志的船
不问如何青春演义
纵观激荡历史云烟
独立峰巅，向着未来呐喊
无论步履怎样沉重
也不会贱卖一缕阳光的价钱

长成梦想中的模样

有梦的地方
总会撒上希望的种子
然后用四季的穿越
蕴藉一种绽放的力量

彷徨不是懦弱
而是心中有了渴望
如同一棵树
从小设计了自己的模样

捧着一颗初心赶路
栉风沐雨的成长
一半来享受阳光
另一半去做事业栋梁

只奢求一朵花开的时间

多少辉煌灿烂
萌生于历史长河里的昨天
没有厚重的积淀
亦无独享的条件
抉择，只为一个信念
从平凡走至非凡
似一朵深夜绽放的玫瑰
不求生辉耀眼
却静悄悄把芬芳世界弥漫
人生啊，或长或短
真实的意义
只奢求一朵花开的时间

回家的路

——写在第八批在韩志愿军烈士遗骸归国之际

村口的那条路
是父母望不到尽头的眼睛
那天离家出征
你戴着红花回头招手
如今，迟归的你
成了他们死不瞑目的守候

鸭绿江的桥头
是战友挥泪伤别时的窗口
每次奔赴前线
你毫不犹豫抢在前头
如今，迟归的你
成了墓前一杯孤寂的祭酒

交接场的灵柩
是人民盼归英雄们的心痛
冰雪煎熬的岁月
你身在异域眺望神州
如今，迟归的你

成了祖国万代铭记的不朽

回家的路，刻骨的冷
晶莹剔透的“冰雕连”
梦里还在等冲锋
战火纷飞的“上甘岭”
一条大河荡春情
红旗漫卷，泪雨送英烈
群峰颔首，翠柏伴君行

嫦娥的泪

——写在神舟十二号成功着陆之时

嫦娥又哭了
这次的原因
不再是星汉迢迢的别离
上古以来的无奈情绪
早已随风而去

嫦娥又哭了
这次的原因
不再是灾难深重的疮痍
五千年的蜕变追寻
立起文明丰碑

嫦娥又哭了
这次的原因
不再是三座大山的窒息
镰刀锤头的英勇无畏
撑起民族自尊

嫦娥又哭了

这次的原因
不仅是神舟着陆的喜讯
瞩目世界的航天奇迹
扬起国人神威

嫦娥又哭了
这是喜极而泣
跨过沧桑，穿越荆棘
月挂中天之时
宣泄是何等酣畅淋漓

生命，只有一个季节

飞星传恨迢迢银河
暗度着，鹊桥仙
一段金风玉露的伤别
万水千山的奔波
被忘却的是佳期和宫阙
相拥着，你和我
一年一度相逢的快乐
用一份缘把生命穿越
泪已尽，花又落
不是因为你曾经犯过的错
也不是因为我惹来的祸
泪眼婆娑的等待里
回放着那一首不老的歌
多少爱恋，多少难舍
只赋予这一个季节

来不及认真年轻

年轻的心
恰似无际的苍穹
以为会永恒
尚在回味校园的懵懂
步履已经老态龙钟
时光如水，往事如风
日子过得无影无踪
梦想携手千里远行
浪迹天涯再回首
青山远黛，雾水朦胧
沧桑风雨，热血春秋
更那堪，岁月匆匆
人生，多少拿云心头事
来不及认真年轻

成熟

成熟是什么
不是秋季的瓜熟蒂落
不是长者的是非评说
路走多了
就不怕方向走错
见得多了
就不会相信知觉
热爱你想热爱的
至于是否拥有
不再自我强迫
放弃你不想放弃的
或许难以割舍
也不再犹豫不决
生活是一首歌
用心歌唱，不必纠结
懂得放下，不恋春色
直面未来抉择
敢为人生担责
成功未必到达彼岸
完美也许倒在爬坡
今夜，没有玫瑰

爱一样照亮心灵的田野
既然成熟了
何必去顾忌那么多

门和路

——写于2022年连云港师专学前教育学院暨音乐学院毕业生推介会

这里是一扇门
关起的时候
所有的日月
都化作梦萦魂牵的峥嵘
所有的记忆
都留下繁星点点的回声
打开的时候
你我便成了对方视线里的风景

这里是一条路
一头牵着昨日的梦
一头拉着未来的情
或许——
只有铿锵的脚步能够明白
未来没有冬夏
只有干戈春秋!

出舱的飞天女孩

——写给神舟十三号女航天员王亚平

漫步浩渺的苍穹
轻轻把神舟的门窗打开
左手抓起一把星星
右手拉一轮明月回来
若嫦娥般蹁跹而至
目尽万里尘埃，这
原来已不是同一个世界

虽是凡界女孩
敢去弄潮无际云海
一个微笑征服一个时代
走进了苍宇豪迈
童年的天宫梦想
不再是神话故事的存在
人生成就了别样未来

一次勇敢的出舱
承载了多少探索的气概

谁也未曾预料

这天上人间的穿越

惊艳了华夏民族的风采

打卡，一路星光

——献给为信念一路拼搏的苏行人

热爱，或不热爱
我已在路上
夜风轻抚胸膛
足迹知道心的方向

成功，或不成功
我都会歌唱
梦想总在远方
汗水能把日子擦亮

信任，或不信任
我不去彷徨
诚实自带力量
坚守就能地老天荒

选择，或不选择
我始终顽强
无惧人生沧桑
黑夜难抵兰花幽香

轻轻地背起行囊
一次又一次奔向远方
走向成熟的希望
或
拥抱无悔的幸福成长

打卡，一路星光
归来，华灯初上

路上，你是最美的景色

岁月是把尺子
能量出长短，也量出功过
历史见证了多少
魑魅魍魉，阴差阳错
真实才是生活
那些义气的江湖
早已变成遥远的传说
种下一棵菩提树
让心找到黑夜的方向
每一个拉开家门的清晨
迎来追赶四季的霞光
奔跑在路上
你就是最美的景色

一切都是那么从从容容

——写给自由式滑雪女子大跳台冠军谷爱凌

不是为了冬奥会而滑雪
也不是为了斯坦福而学习
没有虎妈的强迫
也没有刻意的自觉
因为自然的热爱
就有了顺便的成功
给自己设定一个最难的目标
去挑战，去拼搏
懂得如何赋能
乐于享受生活中的平衡
一切都是那么从从容容

高考

怦然心跳
又临高考
十二春秋写风骚

梦想路上
汗水飞飙
无涯学海传捷报

一代芳华
时代弄潮
华夏奋起更妖娆

才俊辈出
民族英豪
举世惊殊丛中笑

不分昼夜

把黎明作为新的起点
用一天进行人生的路演
三百六十五个循环
放飞着梦想的期盼
千百度里寻遍
那是匆匆奔泻的江川
扬帆远航的日子
目尽浩瀚的波光潋滟
再陡险的山
总有勇者去登攀
再深急的渊
总有强者去潜探
无论天气怎么巨变
阻挡不了四季如约相见
无论生活怎么磨难
阻挡不了义无反顾向前
韶华珠幕漫卷
初心不变

扛着夜色赶人生

夜半
常被繁忙的梦境惊醒
生活的许多曾经
倒影了心中的海市蜃楼
那么历历在目

窗外
闪烁的星辰布满苍穹
路上，是奔跑的车灯
也有回家赶路的身影
个个行色匆匆

黎明已经从子夜启程
贱卖了黄昏
就失去了朝阳和鸟鸣
默默扛起了夜色的沉重
眺望远方
无数盏窗灯为你伴行

让春风荡漾心河

——献给战斗在一线的金融工作者

生活是一种判断和选择
有阳光鲜花，也有沼泽
走出家门
就要唱响酸甜苦辣的歌
人生的天气变化极多
彩虹般的梦想
瞬间可能被暴风雨浇灭
没有多少应该
等待着你去轻松收获
带上雨伞赶路
或许你就不会失落
责任开启命运导航
定力精准价值走向
不要纠结职业围城的困惑
不要质疑幸福标准是什么
热爱生活
就会无畏花开花落
不负生活
就会春风荡漾心河

银杏教会我们成长

牵手银杏
那是一片整齐茂密的森林
那是一个遥望无际的海洋
它用枝干的笔直表达坚挺
它用枝条的遒劲展示柔韧
它用叶子的舞动传递热情
温暖的阳光里
能听到的，是那果实跌落的回声
能看到的，是那惊诧好奇的表情
走进银杏的“时光隧道”
华光溢彩，波光粼粼
思想穿越便油然而生
有童年偷吃银杏的苦涩
有青年校园银杏的懵懂
有中年成熟银杏的厚重
牵手银杏
行走在这金色闪耀的世界里
便有了妩媚多情的惊呼
不但兴奋这沐浴的历程
也为它过人的灵性感动
啊，牵手银杏
是心灵丰盈的成长见证

不留遗憾

当做出了热爱的选择
就要忠诚方向和目标
用全部的努力和心血
为之积极奔跑!
迈上了人生的舞台
必须倾情把角色演好
责任不会为推托买单
担当未必有成功回报
梦想的道路并不平坦
那么，不留遗憾
也是一首动听的歌谣!

支撑

大海托起了沉睡的太阳
带来日出灿烂的辉煌

臂膀扛起了生活的重量
带来幸福成长的期望

心灵化解了生命的迷茫
带来风和日丽的歌唱

在风轻云淡的夜晚
我坐在草坪遐想
那没有归宿的飞天陨石
将会飘零何方

平凡，也是一种勇敢

学会拒绝的路很难
因为，虚荣总是挡在前面
生活的负荷很沉重
可是，爱慕面子成了习惯
冲动的诺言，无奈的负担
简简单单的日子
越走越累，也越走越远
这社会很真实
这世间有冷暖
真诚是量力而行地相助
不是无底线地承揽
勇于示弱不是低贱
盲目自信走不长远
境界，来自顺其自然
平凡，也是一种勇敢

向往

我向往
清晨升起的朝阳
总带给我生活的希望
我向往
海岸灯塔的光亮
总带给我航行的力量
我向往
天空翱翔的翅膀
总带给我奋飞的梦想
我更向往
那一抹爱的芬芳
在伤悲的时候
陪我去瞭望那轮月亮
不让人生迷失方向
把信念做成心灵的拐杖
带着憧憬赶路
心中时有歌声回荡

节奏

带着梦入眠
觉，总是那么香甜
唱着歌走路
天，总是那么湛蓝
风起云涌，景一样壮观
春和景明，心难免烦乱
走在自己的时区里
没有落后，也没有领先
享受自己的节奏
不要被他人看法改变
忙，要有价值
闲，滋味无限
勿要走偏，走远
最好的事情
都在不经意的时候出现

拥抱剑桥

在这绚丽缤纷的季节
有了万里之外的相约
无数梦幻般的憧憬
化作穆勒学院的一枚秋叶
惊叹厚重历史的传说
敬仰卓越世界的风格
这里有叱咤风云的总统
也有学贯东西的学者
这里有遨游浩瀚的求索
也有心灵悸动的赞歌
大师云集，诺奖闪烁
学风浩荡，天下惠泽
那波漾柳飘河畔的康桥
早已不是最伤别的时刻
那神圣肃穆的教堂里
天籁般的唱诗照亮黑夜
最美丽的风景啊
是曾经到这里为梦想抉择

婉约的独墅湖

清风
轻抚一湖丽景
满目波澜不兴

一碧如玉的清澈
倒映缤纷的靓影
也许湖心有激流暗涌

湖岸的花丛
已没有错季的凋零
晨露的晶莹
那是一种穿心的剔透

步履轻盈
悦耳的软语胜过歌声
一声远方的鸟鸣
惊鸿忘我的懵懂

那湖，那秋风

湖面微波细浪
垂柳已添秋装
默默遥望，那年
伊人远行的画舫
天高云淡气爽
倒影一派萧瑟的景象
百灵欢唱雀跃，不误
这匆匆太匆匆的时光
一阵清风飘过
晨露与红叶齐落
秋菊伴朝霞芬芳
乍寒还暖季节
偶添一丝悸动的恐慌
又是北雁南飞成行
最是人生悲壮

每一天

——走进一个银行基层主管的生活

每一天
您都给自己一个向往
用紧张和繁忙把黎明和夕阳丈量
只有深夜回家的夜露
才知道那日复一日努力和梦想

每一天
您把发展变成一根根琴弦
让每个客户都成为市场竞争的悠扬
用您那高超的技艺
弹奏一曲又一曲开拓进取的乐章

每一天
您都高举内控的利剑
把经营管理的每一个细节雕刻得安全规范
当一次又一次化解“黑夜般”的风险
欢快的鸟儿便会唱出最美的赞叹

每一天

您都让信誉的鲜花开放在每一个网点
使合规的承诺根植于客户的心间
拥有一次不经意的选择
从此就变成无悔的情缘

每一天
您都用尽责解释着什么是风范
用无私的胸怀和崇高的使命竖起一根根标杆
无论是潮起还是潮落
您总是把坚强和执着留给远方的地平线

我们就应当这样

我们就应当这样
让寂寞的心儿歌唱
让平凡的日子发亮
让前进的步履铿锵
让激情燃烧起来
同样的事情可以做得与别人不一样
我们就应当这样

一个女孩

——写给一位全国文优服务标兵

嗨，女孩！
踩着时尚的浪尖走来
灿烂的笑容能把一切冷漠掩埋
风一样的节奏
火一样的胸怀
花一样的可爱
美的感觉说不明白
难忘才是你服务的风采

第三辑 — JOURNEY OF TIME

时光旅程

这世界很重啊
因为，有了压不垮的忠诚
人间就会有那不朽的回声
——《回声》

父亲的手

父亲的手，就像一把铁刷子
当插到棉袄里挠痒时，真是享受
如一张砂纸，上下全张开血口
一到冬天缠满布条，胶布或塑料袋
西北风一吹，再粘上冷水，
又会在口子上落上口子

记忆中，父亲的手四季都一样
尽管粗糙，但有力，活干得精细
木工钳工瓦工修理工，还有种地
样样精通，最让人崇拜的，是儿时
为我做的那把铜制玩具手枪
唬住了许多人，至今还有人羡慕

想到父亲的手，心就会隐隐作痛
在嫉妒别人父亲手的柔软时
时常感到世界的不公，因为
一双手见证了阶层、命运和人生
父亲走了，离世时没有遗产
皲裂口成了儿女们的一笔宝贵财富

怀念父亲，最幸福的时光
是被那长满皲裂口的手拉着向前走
不能看到防裂膏，因为
我会不能自拔，会冲动，会泪流
有人说记忆会生锈，可那双手
成了永远支撑我人生的参天大树

冷的记忆

这样的冷，少见
穿透了棉衣
又钻进了冰天雪地的童年
屋檐下
白闪闪的冰凌，匕首般刺眼
江河凝固了视线，寂静
冰雕千里无限
大河上下，滔滔气势不减
夜，冻裂了河床
斜阳下，一群人跺着脚
缩着身子，红肿着脸
或许，在想念春天

爱是答案

——走进苏州固锝企业幸福家园

幸福的答案是什么？
那块“永不裁员”的定心石
静静地立在工厂的门前
那是爱民如子的宣言
让暖流激荡在员工心间

用一块菜地去磨砺勤勉
用环境保洁强化责任感
用“爱心角”引领公益奉献
生活工作中的点点滴滴
丰富了自我修炼的内涵

崇尚传统的国学圣贤
植根民族优秀文化经典
一个家训：内求与利他
员工的幸福和客户的感动
构筑起企业核心价值观

美丽的愿景　幸福的家园

我是一切问题的根源
爱是一切问题的答案
念念存善念，有了爱
一切问题都可能被改变

故乡的“摇钱树”

砍下一根翠竹
插进院子的磨眼里，摇曳
节节高的憧憬和向往
从此，立起绿色的希望

披星戴月的日子
每天都会是一次拔节成长
带上梦想赶路
每一滴汗水都会闪光

家有一棵“摇钱树”
化解一切不顺和迷茫
从零开始的信念迎风飘荡
简朴的图腾，挺起
一家人高耸入云的志向

童年的记忆啊
温暖而又有力量
平淡的日子如同风中的竹叶
沙沙地传唱，心中
那首山高水长的嘹亮

等待过年

越是走近了年关
心情一天更迫切一天
急着考试放假
惦记着拜年的压岁钱
整一个蠢蠢欲动的校园

打工出来那一天
就已开始盘算如何过年
目标要攒多少钱
有几件大事回去要办
多少次夜半惊醒
焦虑，经常是彻夜难眠

父母还是那个老习惯
忙年如同一场大会战
年货要置办，祭祖很关键
人情往来一环套一环
衣服穿着必须干净体面
总之，年味要超过从前

各行各业忙于收官

货要发走，款要落袋为安
每时每刻不敢怠慢
一年之计在于春
年关呀，就是去闯关
梦想赋予更多更美的期盼

等待过年
那是一个民俗的循环
看着春晚想春天
听着爆竹话团圆，本意
已不是节日里的悠闲
最享受的，还是
在等候过年的那每一天

年味

过年，是一根心灵的琴弦
弹拨它的日子
沉淀的记忆就会望眼欲穿

过年，是一条感怀的小船
远航的征途上
亲人的背影就会若隐若现

过年，是一双期盼的泪眼
相守的诺言里
潮湿的枕边就会月挂中天

过年，是一团待纺的棉线
旋转的时光中
岁月的霓裳就会千丝万联

过年，是一顿衷情的年饭
欢聚的灯光下
离别的愁思就会爬满额前

过年，一个生命的驿站

过年，一个梦幻的摇篮

那是一种回味不尽的眷恋

回声

悠悠的岁月星辰
孕育了华夏的璀璨文明
铿锵的穿越旋律
演绎了盘古开天的恢弘

溯源神祖三皇五帝
开启了人类的血雨腥风
多少改朝换代的魂灵
呼唤着生生不息的奔腾

南湖的一条小红船
燃起了中国革命的火种
一百年的披荆斩棘
缔造出举世瞩目的风景

1992 年的春天故事
改革开放迈上新的征程
卓越的中国速度
谱写了民族复兴的豪情

新一代领导人情系民生
一带一路的独辟蹊径
大国情怀担当伟大使命

历史长河潮起潮涌
时代巨轮扬帆远行
这世界很重啊
因为，有了压不垮的忠诚
人间就会有那不朽的回声

习俗的力量

春节的记忆
少不了爆竹声声的回响
大年除夕的夜空
闪耀着辞旧迎新的光芒

岁月的河流
回荡着冰雪覆盖的芬芳
在心灵的旷野上
播种下秋天收获的希望

习俗约定为一种执着
不论灶王爷多么繁忙
少不了母亲的祈祷和请托
因为，这——
事关一家人的安康和兴旺

幸福是节日的集合
总是，一个追着一个过
在平淡与热烈之间
不朽成为传承抉择的力量

贺岁片

那是春的宣言
相约辞旧迎新的庆典
除夕守岁的时刻
一家人携手走进影院
来上一部贺岁片
回味难舍的相聚团圆
无论是快乐，还是伤感
都要扬起信念的风帆
节后的风也许很冷
未来的路也许很难
思念的日子，别忘了
还有花开春暖

思念

思念是一阵又一阵风
心潮起伏的时候
你是夜不能寐的怀想

思念是村口车站的等候
归期到来的日子
你是没有尽头的眺望

思念是远去的背影
分别的瞬间
你是始终抹不去的泪痕

从青丝到白发
从出生到告终
你是用深情放飞的风筝
永远挂在心灵的天空

大江东去

不堪回首童年的那些懵懂
陪伴父母一起远行
曾经踏过多少酸楚
有诸多无奈，也有不屈抗争
记不清，失眠的窗口
漫漫长夜守望着东方黎明

不敢想象中考的脱颖而出
“农转非”永别了故土
扑面而来改革春风
是满心欢喜，也是豪气十足
忆峥嵘，青春的节奏
匆匆步履助力你逐梦苍穹

不能忘却从教的千辛万苦
执鞭讲坛壮志踌躇
桃李满园两袖清风
让德艺双馨，也让师恩永驻
再回首，烛光的春秋
滚滚江河无畏惧浪遏飞舟

不负人生抉择的艰难险阻
投笔从融跨界转型
弄潮银海诺亚方舟
为心事拿云，也为越甲吞吴
浪淘沙，历史的天空
昭昭日月风雨后又见彩虹

啊，东逝水，在心中
啊，未来路，何以求

节日的背影

每个节日都步履匆匆
经不起蓦然回首
如同那一轮皎洁的月亮
迷失在期盼的目光中

时光总是那么绝情
无论你多么用心去挽留
赠予你的
仍是倒计时远去的背影

白发给年轮寄去一封情书
青山回话
不要相信眼睛
只有沿途的风景最忠诚

抽屉的时光

老宅的抽屉里
有很多童年珍贵的收藏
偶尔，拉开的瞬间
回放出徜徉不尽的时光
尘封的故事，是那么悠长

有一枚军功章
那是外公抗美援朝的嘉奖
奖章已锈蚀无光，却留下
对他驰骋枪林弹雨的敬仰
还有他背负的那么多沧桑

有一把自制的玩具手枪
承载了童年创造力的想象
在物质贫瘠苍白的记忆里
心灵一直快乐地歌唱
艰辛，有时也是一种营养

有一支旧式墨水钢笔，
当时很招惹同学们的目光
那是一位长者临终的礼物

赋予了我求知的力量
因为热爱，人生不再迷茫

一件件收藏，在抽屉
一缕缕情殇，在心房

清明

清冷的日子，潮湿的细雨
青青的山脉，飘渺的雾霭
带上一缕忧伤去思念
捡起一堆牵挂来感怀
历史早已成了古老的尘埃
驾鹤西游的故人不再归来
祭拜的香火升起片片云彩
气清景明的四月格外显摆
一切的一切皆欣然可爱
踏青，是一种行走心态
不是自然装饰了干涩的眼睛
而是茅塞被春风顿开

木香树下

——江苏省海州师范旧址感怀

时光荏苒，挡不住
木香花遍开校园的眷恋
缕缕馨香沁入心田
四月，是娇嫩碧翠的装扮
四月，是点点白花的皤然
古色长亭馥郁花香弥漫
经典词赋回声悠远，诵读
沧桑，未改昔日容颜
一丛丛，一簇簇，一团团
捧读的靓影相伴流年
你守候的日月
是陶醉，是沉淀，是从前
多少意气风发，指点江山
传道，授业，解惑
师表八荒，鸿儒满庭院
窗含南岭巍巍壮观
万千莘莘学子，梦萦魂牵
东磊将军遗篇，逝水云烟
一次回首，一地花瓣
啊，四月天，情何以堪

小城春秋

一座小城，一袭风雨
那些春花秋月的往事
或许断壁残垣的青砖黛瓦知道
一块块光滑裂碎的小巷石板
沧桑着岁月长河的风雨飘摇
爬满斑驳的城墙龟纹
纵横着一路走来的兴衰风骚
汩汩朐山东逝水，回荡着
孔子登高望海的澎湃心潮
白虎山走进传说的隧道
逛庙会延续难以割舍的心跳
凹刻在将军崖上的甲骨文
记载原始氏族争夺的兵戎符号
楚汉争霸的叱咤风云
刨出金戈铁马满山蹄坑马槽
迷失于丛林的汉代巨象
多少朝代尚在孔望山徘徊寻找
一幕幕时光穿越，芳香了
小城美食街的种种风味佳肴

一座小城，一首歌谣
那些兴衰沉浮的记忆
或许龙尾河畔的芦花柳絮知道
东海名郡，海运商埠
遥想秦始皇东巡的昌盛富饶
筑城修壕，抵御外侵
承载着保家卫国的坚固荣耀
星火燎原的革命先驱
点燃了海赣沭灌的解放礼炮
一带一路贯通欧亚
陇海铁路绽放时代发展新貌
走进仿古幸福街区
错落楼台誉称“苏北夫子庙”
青山绿水风景独好
新农村建设步入崛起快车道
高质发展，后发先至
吹响富国强民奋进的冲锋号
一处处感人画卷，唱响着
数风流人物，还看今朝
啊，小城春秋，故事真好

旅途（组诗）

旅途

行进在旅途
沿途是流动的风景
音乐演绎着生活的节奏
只有那颗心
把远方遥远地锁定

老歌

一首老歌
是一段记忆
也是逝去的风景
是一个故事
也是抹去的泪痕
唱不够的
是心与心的共鸣

美颜

有了它
世界就靓了起来
明知是假象
却还是一如既往倾情
生活离不开美颜
因为，能治愈和忘却
很多烦恼和伤痛

井

井，是甘泉的代言
井，是无私的奉献
在心灵的土地上
人人都打过几口井
当被伤害的泥沙淤死之后
井，也失去了灵性

红灯与绿灯

停与行
红与绿的指令
习以为常的背后
刮过了多少血雨腥风
人生的十字路口
切勿，切勿
忘了抬头看灯

鼾声如雷的听书

一部全唐评传
陪伴了父亲很多年
尚未走进家门
评书早已飞出了院外

痴迷成了习惯
收音机 24 小时放在枕边
一刻不停地播放
鼾声如雷，也不中断

岁月的时光
走不出的四季循环
一件事坚持了多少年
不为收获，只为那份惦念

温馨的夕阳
写下一生听不完的评传
书内书外，今天明天
穿越于从容与心酸之间

岁月的镜子　生活的妆

遥远的记忆里
沉淀了无数的思索和渴望
幼稚的童心
似乎与父母的肩头一样
磨出了老茧
一双轮胎皮做的凉鞋
快乐又迷茫
村边那条小河
一代代传说在流淌
站在高速路边，目送
高铁的风驰电掣
时间的窗口，闪过
熟悉又亲切的绿皮火车轰响
跋山涉水的星辰
高悬于梦萦魂牵的远方
暖暖的归途啊
谁能记得岁月真实的模样

蓦然回首的定格

无论走了多远的路
无论趟过多少条河
岁月的记忆里
闪烁无数个瞬间的定格
“蒙太奇”着别样的感觉
有幼年的稚嫩
有童年的梦想
有青年的拼搏
有中年的执着
还有老年的蹉跎
也仅是回放的惊鸿一瞥
心灵的深处，便飘来
一朵花香，或一首赞歌

剃须刀

每日，你用飞旋的刀片
清除持有者日复一日的烦恼
以不断消耗的能量
换取男人们的自信和俊俏
对于别人来说
你仅是一件随身的工具
对于自己来说
你的使命就是忠于一个目标
直至刀钝力消
人生啊，就是这么残酷
时常忽略拥有后的意义与重要
平淡相伴的岁月中
勿忘，那份静好

我家的那扇窗

每条疲惫的路
是不同人生相似的归途
踩踏了一天的阳光
无论多么努力
也无法挡住黑夜的迷茫
小区门旁的那盏灯
成了暖心的守望
站立灯下，远远
看见楼上我家的那扇窗

钱夹子

再也不要塞得鼓鼓的
去表现付款时的潇洒豪迈
爱人和孩子的照片
也转移到手机的封面上来
支付方式的改变
让你从此退出历史舞台
存放的几张零钞
早已磨皱损坏
不管多么好的材质和造型
也难以守住时代的宠爱
即便更新为卡包
也挡不住数字货币的风采
沙扬娜拉，钱夹子
曾经的陪伴，远去的情怀

那一部老座机

静静地坐在角落
变得越来越沉闷缄默
以前，你的每一次清脆铃声
都能牵动一家人的生活
最不能忘记的
是为了把你请到家
我可是做了一年的银行按揭
岁月如歌，谁料
手机让世界演义得难以琢磨
掌上行，一键通
忙碌的刷屏日子
只剩下抖音里的恋旧情结
哦，一部老座机
见证了时代不寻常的变革
有时，真想再听听那句
“××，有电话找你”的吆喝

储钱罐

记忆里，你
正一步步走向遥远
摆放在那里，既为美观
也象征着勤俭节约的习惯
每一次投放
都给日子赋予了一种期盼
追溯历史的渊源
成名于西汉时期的“扑满”
积少成多的秉性
成就了一个民族的非凡
无论走到何方
你都会被安放在心间
蓦然，手机打开
你已化身微信里的“零钱”

把玩

爱不释手的喜好
直至成痴
相伴终生的情结
承载了四季风雨
一种信物
玩成了掌内的宠儿
不大的天地
见证了非凡的经历
面对它
便能读懂主人的心思
找回曾经的记忆

一念尘埃

跌进这白色的世界
生活不再可爱
静静地去，悄悄地来
生命的时光
像吊瓶的漏滴慢慢走开
多少恩怨，多少成败
一切都变得那么苍白
曾经的邪恶
被良心发现挡在门外
生死之间，阴阳两界
花开花落，一念尘埃
跌进这白色的世界
有多少偶然，多少意外
有多少幻想，多少无奈
含泪的梦呓里
多么希望从头再来

感恩的旅行

感恩镶嵌在灵魂的额头
照亮人生的旅程
这样的行走很温暖
也很幸福
一种感恩是一颗星
美丽着心灵的原野和天空
于是所有生活的磨难
都变成一种福祉
让每个黑夜的等待洒满热情
路，有长有短
有感恩相守相伴
眼前是一片希望和葱茏

异乡

回不去的破旧老宅
已被枯草落叶侵占
满院的萧瑟
难觅昔日欢乐的童年
记忆的碎片
铺成小径斑驳的灰砖地面
“妈妈，我回来了”
远方回声不绝于耳畔
那棵老枣树
也失去了果压枝头的峰巅
坍塌的锅台
再无袅袅升起的缕缕炊烟
夕阳西下
思乡的白发游子啊
早已泪沾衣衫

并不遥远

目尽千里，起于慧眼
韬略纵横，源自心间
奔流江河汇聚涓涓细泉
万仞高山累积捧土点点
岁月，流逝的是每一天
生命，芬芳的是那一年
定好一个角色
走进生活里的悲欢冷暖
举起一把镐钎
开垦梦想里的苦涩艰难
推开了家门
你就要去面对柴米油盐
选择了事业
你就要去迎击狂飙巨澜
心灯为自信的远方点燃
希望为平凡的雨季撑伞
不知不觉又一年
花开花落舞蹁跹
超越，不再迷恋昨天
真实，才会走得久远

见证

一张怀旧的老照片
记载了岁月流逝的符号
那座飞跨的大桥
叙说天堑变通途的自豪
追享品牌与时尚
心中仍眷恋那只军用书包
时光无论走了多久
历史都是一曲不老的歌谣
挥手作别昨天
转身把未来拥抱
见证是时间的裁判
舍得是理性的剪刀
沧桑了岁月容貌
也让生命之树挂满骄傲

找回

一首童谣
让我找回成长的记忆
一个背影
让我找回难舍的情谊
一句嘱托
让我找回担当的价值
一次聚会
让我找回曾经的珍惜
无论踏过多少千山万水
无论迎送多少秋去冬回
心中都装满感恩的花蕾
当爱的春风吹过
我都会找回崭新的自己
在芬芳的时光里
尽情陶醉

骑车

骑在车上
似乎脚下的地球都是我的
这么用力前行
只有风从耳旁刮过
不知过了多少季节
蓦然回首
发现我依然还在路上
车子未动
我还是我
只有风儿变得比原来弱

归航

那盏灯塔
总是寂寞千年地守望
在远航人的心中
它是永不陨落的太阳
温暖而又明亮
幸福而又有力量
如同一把信念的火炬
燃烧着搏击狂飙的期望
灯影闪烁
那是家人远眺的目光
浩淼的大海呀
你是头枕涛声的梦乡
还是满载而归的途上
一声汽笛长鸣
月儿为你打开了一扇窗
归去来兮吆
风儿在帆下悄悄歌唱

海浸石的传说

一块风蚀的崖岩
长进了云台山的峰巅
参差斑驳的边沿
刻下海浪吻别的思念
那远去的狂飙巨澜
叙说寂寞守望的千年
浩渺苍宇的回响
见证沧海桑田的变迁
这天上人间啊
弹指一挥几亿年
谁说山高水长路很难
缔造了石头冲顶的奇幻
梦想并不遥远
在乎日出日落之间
一片问道的贝壳
记载了远古悠悠的呼唤

老照片新观

哈哈……
我像朋友看我自己
老照片里我差点认不出你
遥想走过二十年的风风雨雨
我才发现我更像我自己

哈哈……
我像孩子看我自己
陌生的眼神发现奇怪的你
那时的我，那时的你
生活得是那么富有，那么神气

哈哈……
我像家人看我自己
你呀你……
无论昨天，今天还是明天
都是本性难移

哈哈……
我像大家看我们自己
多元的个性构筑一个和谐的群体

没有你就没有我
每位同学在彼此的心中都是那么美丽

哈哈……
我像哲人看我自己
岁月长河川流不息
老照片将我们永远定格在一个课堂里
请相信，你我都是长生不老的

第四辑 — STYLE OF SEASONS

四季风情

每当冲出黎明的梦境
便会有人生的顿悟：
这一步冬夏，那一步春秋
深浅不一的旅途
皆为幸福边缘的解读
——《一步冬夏，一步春秋》

每个清晨都是一个闪亮的远行

走出梦境的烦冗
迎来花香鸟语的黎明
黑夜的千难万险
消失在雾漫云涌的夜中
心也轻松，脚也轻松

昨日已成了一张弯弓
守望，射向未来的憧憬
不再纠结不完美的努力
一路风雨兼程
穿越历史，抚慰心灵

东方旭日升腾
风来了，就不要再等
无畏足下的血雨腥风
冲出自扼的围城
每个清晨
都是一个闪亮的远行

哦，那片白杨树

那片白杨树
一直耸立在记忆的深处
挺拔，秀颀，葱郁
望不到尽头，林中
有一条通往村口的路
无数次我在这里驻留
梦想
似霞光一样丛林穿透
憧憬
伴我一次次眷恋回眸
游子的乡愁
像白桦树一样守候
那满头的白发
就像秋霜后的枝头
洒脱，从容，厚重
梦境里，不知
又有多少沧桑的邂逅
哦，那片白杨树

二月，清风十里

清风，叫醒沉睡的冬季
明媚一泻千里，山巅
一碧万顷的眺望
懵懂着芽尖萌发的气息
爽心的沉醉，田野
翠鸟鸣飞，早已不能自已
足下的草地撑起失重的你
那池塘的清澈，静谧
划出杨柳的一缕缕情思
走进了二月，就想起了你
没有满山的姹紫嫣红
但有春风十里
还有乍暖还寒的纷纷细雨

春之声

匆匆的旅途上
日子总是带着想法赶路
禅悟了一个冬季
心灵被刻成了一把梳子
一遍又一遍装扮自己
天空，披上明媚的外衣
给憧憬插上希冀
那微漾的波光，照亮了
山谷回荡着的层层绿意
四季，又从你开始
缕缕暖风，点点新翠
叫醒不再贪睡的清晨
看鸟儿忙碌欢趣

早春一色

悄无声息
就伴着东风走来了
河畔的杨柳
泛着一汪碧翠漫舞
远处，氤氲旖旎
黛青的山峰呼之欲出
桃园已是花团锦簇
枝枝俏上心头
晨练的人流
袅娜地舒展着身手
想把春天抓住
小草托起晶莹的露珠
照亮了地球
万物娇羞地走出门户

固执的花香

一棵树的信仰
是无论生长在什么地方
根须扎牢，又能汲取到营养
枝干向上，又能沐浴着霞光
不惧未来风吹雨打
无畏岁月磨难沧桑
长大后，要么做栋梁
要么奉献一缕固执的花香
在每一个年轮上
都会刻下无悔和坚强

古都春声

沧桑千年的梧桐
守候着六朝古都的忠诚
那浸染满山的葱郁
绽放，不变的春和景明
无畏肃杀的血雨腥风
用一株红梅点燃历史温情
惊艳那双睿智的眼睛
一座城，多少兴衰荣辱
一江水，多少民族恩仇
遥寄万里碧空
打捞五千年的厚重沉冗
多少感怀，又多少泪痕
挡不住湖上燕呢声声
秦砖汉瓦下瑶芳丛生
东风又绿神州，匆匆

葛根藤

你的毅力不是一抹春色
而是根植山土的执着
竭力吮吸营养，壮大
以迎接冬季的冰霜雨雪

从不忌嫌上辈的选择
无论生于何地，
都会从容淡定地生活
断了，也依然绽放花朵

也许是长期与山为伍
历练了沉默的性格
当被碾磨成晶状的粉末
价值让人们品饮后评说

海英草

盐碱地上的青春
是一片片绿油油的壮观
没有肥沃的本钱
却能把苦涩转化成香甜

黑夜里的等待
一株草就是一根桅杆
赶海归来的靴子
踩上去软软绵绵

为一方水土而生
咀嚼不尽蹉跎的从前
无论日子多么艰难
蹁跹的舞姿就是一种宣言

金镶玉竹

注定你做不到高耸入云
却拥有黄金式的外衣与
翡翠般的纹理，居然
把一座山装扮得很有神韵

低调朴实让你有了铁粉
不经意处的惊艳沉醉
让一枚邮票的发行
赢得了世人别样的追寻

也许，气节是一种命运
演绎成傲来国的传奇
秉持四季的本色，享誉
匡正祛邪的朗朗乾坤

啊，一个吉祥富贵的名字
啊，一颗气节挺拔的虚心

一根芦苇的传说

夏风微醺的端午
粽香飘进了千家万户
梦萦撑篙行船幽处
悸动一根芦苇的人生

从一棵嫩芽的萌发
到茁壮秀颀起舞
历经四季生死的轮回
延续蓬勃茂盛的家族

你是河床上一道风景
成挺拔向上的体形
修虚心有节的秉性
坚守芦花漫舞的憧憬

声声芦笛悠悠
唤来多少故土沧桑衷情
只有不变的芦叶馨香
包裹情寄万里的乡愁

啊，一根芦苇

缕缕粽香，千般回味

一切一切都付传说中

月牙岛小夜曲

——雨夜游月牙岛感怀

夜色走进蔷薇湖畔
一抹清凉揉碎碧波微澜
月是柳梢的皇冠
朦胧着随意春芳的绚烂
丢下生活的纷繁
作一次幸福的环岛体验
沙滩戏水，滨湖烧烤
栈道景观，书吧悦览
梅园采摘，情爱相伴
多少沉醉唤来荧光阑珊
多少雅趣穿越气象万千
童声悠远，康乐无限
百草争艳，家风淳然
荷塘一鉴圣洁无邪的心田
玫瑰传递大爱无痕的箴言
多少记忆不堪的昨天
扛不住一场酣畅的骤雨
换了人间

走进不夏不秋的季节

如烟的锦瑟江南
走进那一碧万顷的湖畔
寻觅，心潮逐浪的白帆点点
聆听鱼钩下的万类霜天
一个夏季的酷热蒸煮
蝉唱了多少客思的悠远
稻香蟹肥的时刻
总有时过境迁的眷恋

摘得万千星辰，谁与说

匆匆流逝岁月
走过阴晴圆缺
生命汇成一条奔流的长河
听风　听雨　也听歌

蓝天彩云飞过
试问人生几何
生活酿成一坛醋味的对错
是因　是缘　也是果

梦想天高地阔
足迹有弯有斜
成败铸成一本人生的哲学
有得　有失　也有舍

五百万年一弹指
八千里路染碧血
不舍昼夜，你与我
摘得万千星辰，谁与说

相伴中秋

中秋的月亮
圆圆地挂在蓝天上
静静地回望
一路父爱陪伴的成长

幼年的月亮
长得像月饼一样
可以骑在父亲的肩上
快乐地四处游荡

童年的月亮
是嫦娥居住的地方
可以趴在父亲的背上
静静地进入梦乡

青年的月亮
朦胧而又鲜亮
可以拴在父亲的心上
勇敢地驰骋八方

中年的月亮

行走得踏实坚强
可以笑在父亲的脸上
成功地书写华章

晚年的月亮
温馨从容地守望
可以站在憧憬的路上
自豪地助力飞翔

每个中秋的晚上
我会与月亮倾诉衷肠
这山一样的父爱
是那么温暖，那样悠长

日出晨安

伫立玉女峰之巅
沐浴霞光万丈的璀璨
迎面而来的清风
荡起碧波万顷的巨澜

山寺回鸣的钟声
唤醒清香袅袅的炊烟
四野翻卷的金色稻浪
陶醉了芳菲人间

一艘破浪的巨轮
驶出满载而归的期盼
多少勇敢的舵手
守护海浸石般的信念

奔驰的中哈班列
演绎一带一路的巨变
日新月异的园区
谱写后发先至新篇

岛屿前哨的国旗

猎展东方欲晓的庄严
海古神幽的福地
一派山居秋暝的晨安

读懂枫叶

用一抹深红
去装饰一个季节
用一段青春
去演绎人生的热烈
平淡，也不招惹
悄无声息
小小角色
穿越风雨冷热
历经艰难坎坷
即便飘落
也要独守自己的风格
从不羡慕风花雪月
只为秋天讴歌

如果没有那份等待

如果没有那份等待
可能，你早已睡了
何必灯下发呆

如果没有那份等待
可能，你永不回来
故意迷失塞外

如果没有那份等待
可能，你从容自在
不会寂寞徘徊

如果没有那份等待
可能，你看穿秋水
懂得痛彻表白

哦，那份等待
穿越在心里心外

秋天的表白

秋风来了
走心的是收获与萧瑟
一边喜悦累累的丰盈
一边惆怅凋零的衰落
极目天高地阔
感怀群雁南飞的时刻
那丹桂浓郁的芬芳
又潮湿了多少文人墨客
层林尽染的秋殇
早已不是枫叶自身的过错
这成熟的季节人生
难道分不出谁对谁错
把酒临风放歌
莫过秋水共长天一色

假如，冬季没有雪

雪花飞舞的时候
可以搓着手
呵着白雾般的口气
根据童话里的想象
堆雪人

雪花飞舞的时候
可以哼着歌曲
走进记忆中的校园
数着深浅不一的脚印
等放假

雪花飞舞的时候
可以穿上新衣服
拉上姐妹兄弟
挨家去给长辈们拜年
求赏钱

雪花飞舞的时候
可以对着窗外
静静地回味人生

每一朵雪花是一篇日记
融化在岁月里

唉，不敢去想
冬季，假如没有雪
还能剩下多少眷恋

母爱之源——海脐村

或许是海神的偏爱
把生命的脐口落在这里
缕缕升起的人间烟火
播撒着母爱的氤氲

头枕黄海之滨
聆听潮起潮落的乡音
母子连体的温馨
记住了每一朵浪花的感恩

于是，大海的儿女
让孝道化成村俗村规
虔诚的朝拜与追随
靓丽了村庄的幸福明媚

赶海的时代飓风
催开共同富裕的花蕾
家家户户的电商网红
筑就“打卡地”的富饶口碑

一个村落的名字

沧桑着历史厚重的记忆
一首感怀的歌曲
颂扬母爱下海脐村的放飞

莫逆的边界

当雨落的时候
就知道天与地的距离
当风吹来的时候
就知道帆与岸的距离
当思念的时候
就知道你与家的距离
当被误解的时候
才知道心与心的距离
生命的意义在于追随
友谊的珍贵来自相知
当失去了这一切
才会懂得
莫逆的边界在哪里

一步冬夏，一步春秋

睡眠是一种幸福
深度睡眠是另一种享受
于是，似睡非睡的人
多了一种奢求
先是希望幸福
再是渴求一种享受
生活，酷似在河边漫步
却不能下水畅游
每当冲出黎明的梦境
便会有人生的顿悟：
这一步冬夏，那一步春秋
深浅不一的旅途
皆为幸福边缘的解读

四季情歌，不如你

冬

瀚海百丈冰，愁云万里凝
冬梅雪飞香，醉如魂

秋

秋雾蒙蒙，秋雨绵绵
秋风飒飒，叶如思

夏

夏日炎炎，夏风入弦
夏柳惊眠，翠如碧

春

春草如丝，春水如蓝
春风如沐，润如酥

秋韵

枫叶飘舞
带着酷暑的炎热
宣告一个季节的走过
就像一叶扁舟
读懂了大海的波澜壮阔
豪情挥洒的跑道上
白发感动着岁月
永不放弃
那对生活的热爱和执着
捧读的清晨
芬芳弥漫秋色
忘情于季节的缤纷交错
这，诗韵如画
那，风姿绰约

春天，只剩下心跳

打开车窗
向世界微笑
路边的海棠很热闹
像拥挤的人流
急着把冬装甩掉
我招手湖畔的杨柳
风儿说不要打扰
燕子正在寻找丢失的剪刀
哦，春天呀
只剩下了心跳

足迹

夜，沉睡的黎明
花，芬芳的泥泞
冬，雪融的春风
有爱恨，也有喜忧
有成败，也有贫富
有贵贱，也有荣辱
有刚柔，也有美丑
有红黑，也有热冷
反转的两极
辩证的历程
命运的真实
理性的人生
一切都被足迹来见证

童年的芦苇荡

当粽香飘飞的时候
我就会回到童年的芦苇荡
那无边无际的芦海里
记住了多少眷恋的徜徉
有清澈无邪的眼神
还有穿越芦林的万道霞光
行船在蜿蜒幽深的苇巷
寻觅生活的渴望
岁月恍惚的瞬间
一切都成了感慨的过往
那消失的芦苇荡啊
落下了心灵的隐隐忧伤
还有梦中的缕缕芬芳

我愿做一棵桂花树

我愿做一棵桂花树
吮尽四季的琼浆雨露
用那一片翠绿和芬芳
装扮辽阔的宇宙

我愿做一棵桂花树
用我的全部创造出多样化需求
把平常的日子
都变成精彩的享受

我愿做一棵桂花树
朴实的外表和言行从不惹人嫉妒
无论是艳阳高照还是风雨交加
都默默伴你同行一路

我愿做一棵桂花树
用自己的高贵赋予城市的个性
甲天下的桂林啊
怎能忘记甲天下的桂花树

告别夏季

告别夏季
那份热烈已成为过去
只有缤纷留在心底
浪漫的沙滩又回归沉寂
好客的巨浪
仍是那么快乐地迎来送去
群山见证了季节更替
却挡不住时光飞逝
因为，枫叶已经告知
芬芳的味道
那是成熟的意义
人们的衣着开始乱了逻辑
不和谐的错配
却赋予了秋天的韵律
哦，这魅力的秋季
美，居然在这里

秋天的风格

岁月是一条长长的河
它流淌着记忆
也传递着感觉
就像那飞舞枫叶
用它的斑驳
描绘了秋天的韵律和色泽
于是，所有的曾经
都凝固成季节的 logo
标注着异彩纷呈的传说
哦，如水的时光
哦，不老的风格

寸草春晖

清晨
阳光普照
沉睡后的大地
一切皆好
远处
回荡着春天的歌谣
有杨柳的妩媚
还有海棠的多娇
生活的沉重
挡不住小草的微笑
感恩
是最神圣的话题
那份祝福
那份牵挂
始终会被带到天涯海角

冬日暖阳

从林浸染霞光
风儿轻拍车窗
梦萦魂牵远方
那是生命寄托的故乡

山也朦胧
水更光亮
人在途中
敬仰挑战者的坚强

季节是节奏了的时光
风雨见证执着的力量
无畏无惧的日子
心中始终是一片冬日暖阳

春天的星海湖

清晨，环湖而至
那碧澈如镜的湖水
润亮双眸，豁然心扉
一缕微风沐身
多少沉重跌落湖心
岁月的千思百虑
放飞于晨曦
就这样，一日一日
一步一步
静候，王春回归

春天的宣言

我们的城市失去了昔日模样
奔跑的步履停滞在路上
不去被动守望，做一名志愿者
让红马甲在核检队伍里闪亮
意外的春天没有悲伤
心头涌动的全是希望和坚强

开路的警灯划破黎明的曙光
兄弟城市送来援助的力量
一方有难，八方来帮
大国大爱的暖流在心海荡漾
春风里弥漫着阵阵迎春花香

抗疫的管控固若金汤
社区公安医护物业还有志愿者
携手演绎大合唱，人人尽责奉献
处处都是感人的形象，因为
有疫情的地方就是勇往直前的战场

啊，我的信心，你的力量
也许，港城错过山花烂漫的春天

但赢得了众志成城的四面八方
既然，今天写下了爱的传奇
那么，明天它一定会更芬芳

春天，在不远处等你

这里曾是童话的发源
一部《西游》
演绎人世间的千难万险
玄奘东传
揭秘海连云的道魔神仙
一夜料峭春寒
让三月顿失风光丽颜
天亮了，未曾想
晨风吹来一片萧然
行走的城市按下了暂停键
没有理由的无奈
只有众志成城的呐喊
耐心，交付一次次核检
爱心，助力抗疫的勇敢
在长龙般的队列中
寒风舞动着天使的衣衫
惊艳你忙碌的景观
感动流淌出温暖的心泉
挑灯夜战的信念
照亮你硬核坚守的非凡
多少起早贪黑的奔忙

只为被封控者一日三餐
你一声春天不晚
我就到了真江南
加油！ 加油啊！
那是最美的春天宣言

第五辑

ENLIGHTENMENT OF LIFE

悟道人生

昨天的故事
已经刻进了失落的心灵
雪花飘落不是结局
因为，既装饰了季节
又孕育了新生
——《结局》

人世间

——观看电视连续剧《人世间》有感

平凡的人家，像一颗草木的种子
向着太阳发芽，岁月的列车
穿越着四季的酸甜苦辣
生命的站台，留下悲欢离合的刹那

幸福的记忆，离不开老爸老妈
有多少苦，多少甜，就有多少活法
沧桑的变化，笼罩在同一屋檐下
飘逝的云烟，噙满思念的泪花

爱的火焰燃烧了真心和芳华
平凡的人生有爱就会伟大
用心撑起一片天，从青丝到白发
千难万险，也要守候着一起回家

友谊之花，绽放在心灵的天涯
少年的时光，放飞着夕阳彩霞
有难，帮上一把，快乐贵在放下
忠诚把虚伪踩在脚下，无惧风沙

这一路，有过多少坑坑洼洼
这一世，有过多少春秋冬夏
命运的雪花，有起有落，又融化
这人世间啊，莫负了年华

每个人都了不起

当你们在珠峰上插上国旗
报出最新高程 8848.86 米
我们一起举起点赞大拇指
敬佩那无畏险峰的勇气
好样的，每个人都了不起

当新冠病毒肆虐江城告急
大难前华夏儿女爱心接力
那里有英雄的城市和天使
展示伟大中国抗疫精神
好样的，每个人都了不起

当洪涝灾害威胁生命利益
军民同心协力奋战在大堤
日夜坚守封堵管涌化危机
大难之后更懂得去珍惜
好样的，每个人都了不起

当脱贫进入了总攻倒计时
精准施策激发必胜的斗志
咬定青山脚踏实地写传奇

啃下最难啃的“硬骨头”
好样的，每个人都了不起

当复工复产号角吹响神州大地
争分夺秒抢抓发展的机遇
降息减费加大投入助普惠
爱心金融伴百行进万企
好样的，每个人都了不起

当2020年GDP迈上百万亿
粮食又获“十七连丰”新佳绩
科学探测引领世界新格局
神州大地一派只争朝夕
好样的，每个人都了不起

啊，亲爱的祖国
千难万险，唯有不变初心
风雨兼程，唯有和衷共济
啊，伟大的祖国
万水千山，唯有勇往直前
征途漫漫，唯有奋斗不止
好样的，每个人都了不起

美丽的心花

总有那个瞬间
能带给世界会心的微笑
走出生活的万千煎熬
跳出无尽的烦恼
像黑夜里的闪电
划开沉郁的黑幕，去闪耀
生活，永远靠信心撑腰
别放弃热爱和微笑
只要有一缕春风送来
眼中的风景就无比妖娆
学会奋斗和发现
心花一枝更比一枝俏

不要走远了自己

世事缤纷，似雨如云
在来来去去的征途上
你是否还记得自己
这世界需要一个真实
或许，你渴望被尊重
但不能偏离自由的内心
或许，你渴望被认同
但不能成了被他人期望的奴隶
学会忠于自己
遵从发自内心的声音
学会接纳自己
才会言出由衷又始终不渝
划清责任的边界
做一次人生的“课题分离”
何必背负不属于自己的责任
丧失了“被讨厌的勇气”
记住吧，你不是世界的中心
有属于自己的那个地图位置
不要走远了自己
要活出一个精彩的你

注：日本作者岸见一郎和古贺史健写了一本书《被讨厌的勇气》，讲述如何用阿德勒哲学，在繁杂的日常琐碎和繁杂的人际关系中，获得真正的自由和独立。“课题分离”是著名心理学家阿德勒提出来的概念，他认为一切人际关系矛盾，起因于对别人课题妄加干涉，或自己课题被别人妄加干涉。“课题分离”，就是让每个人承担起自己的责任，不要把自己的责任转嫁给别人，也不要去背负别人的责任，每个人只关注于自己能控制、能负责的事情，把别人负责的事情分离出去。用课题分离去改善人际关系，也是这首诗的社会意义。

白发老哥

若不是摘下口罩
真不知道岁月的残酷
当年，那满头帅气的乌发
早不知被岁月的风吹到何处
臃肿的身躯，笨拙的行走
告诉我生活的真实，直觉
总是让人们相信记忆
并把所有的美好予以封存
而时光就像一头倔强的牛
默默地耕耘着
属于自己的那份青春地头
所有骇世惊俗的曾经
一切都演变成为遥远的故事
并消失在你满头寒霜一样
稀疏的银发中

伤逝的春华

——缅怀连云港市著名诗人祁宏玲女士

就这样，带着眷恋走了
在初春的黎明
留下无尽的思念悲伤
满怀深深的人间不舍
遗憾地，与世界告别

就这样，带着热爱走了
在煎熬的岁月
执着讲坛的尽心尽责
谱写神圣的心灵赞歌
无奈地，与事业作别

就这样，带着青春走了
在短促的人生
编织缤纷的追求卓越
播种璀璨的生命之果
匆匆地，与繁忙挥别

就这样，带着坚强走了

在闪亮的征程
珍藏难忘的记忆回放
绽放不朽的四季花香
毅然地，与病魔诀别

目送千里苍茫悲怆
江海倾诉呜咽
让灵魂安息幸福的天堂
归去来兮哟
遨游西方，放飞白鹤

不是理由

——致为旺季竞赛奋斗的每位员工

生活的道路有喜也有忧
岁月的风雨有疏也有骤
日子，伴着四季奔走
跋涉就要面对风沙尘土
追求就要品味千辛万苦
人生，没有坦途
命运，更不是享受
选择是把责任扛上肩头
担当是把挑战写进春秋
成功属于鲜花的风景
失败也可以放弃泪流
不要停留，崛起赶路
相信未来，挺住
勇敢迈出你铿锵的脚步
因为，一切都不是理由

别样人生

生命的烟火可以惨淡如云
也可以壮丽如歌
道路千差万别
每个人都有自己的风格
可以是一汪沼泽
也可以是一条涓涓的小河
追赶着幸福，流淌着丰泽
在芬芳的花园里播种求索
用一壶茶品味乾坤道业
露手几盘时新的土菜
让杯中酒香渐渐渗透血液
醉意朦胧中顿悟生活
举目西下的夕阳
慢慢咀嚼沧桑如梭的岁月
这满腹心事，又谁来说

守信，那是一场靓丽的修行

信用，是一张通行证
累积下沧桑历史的厚重
成长的足迹里
夯实了事业发展的支柱
刻下诚信岁月的烙痕
赋予创造崇高价值的追求

信用，是一把尺子
丈量出合规守纪的高度
如同一面多棱镜
明鉴了恪守正道的忠诚
严控诚信质量的底线
把好践行要约精神的关口

信用，是一本书
每页上写满岁月的峥嵘
兴衰荣辱的故事
开掘了功成业就的源头
弘扬诚信国学的传承
踔厉坚守一诺千金的不朽

信用，是一张船帆
浪花里淘尽弄潮的英雄
无论佳期有多远
凯旋了艰难险阻的航程
升起诚信担当的桅杆
无畏搏击血雨腥风的激流

信用，那是一条路
标注着风险隐患的歧途
定位言行的坐标
迈出了铿锵稳健的脚步
点燃诚信精神的明灯
照亮播种幸福未来的春秋

信用，那是一道彩虹
风雨后撑起绚丽的苍穹
敬畏头上三尺神灵
挡不住生命奇迹的发生
唱响诚信社会的和声
聚力共建国富民强的神州

守信，注定无愧卓越人生
守信，升华伟大华夏文明
守信，那是一场靓丽的修行

母亲的肩膀

母亲的肩膀
扛起了辛苦劳作的坚强
反复缝补的肩头
渗入了流血流汗的梦想
从不向命运低头
她的星空洒满自信光芒

母亲的肩膀
留下了积劳成疾的病伤
孩子一个个养大
瘦弱的脊背弯曲成弓状
从不惧生活重压
她的字典没有软弱恐慌

母亲的肩膀
撑起了儿女成长的温床
无论成功与失败
宣泄的泪水尽情去流淌
从不怨世态炎凉
她的宽容换来真诚善良

母亲的肩膀
变成了父亲晚年的拐杖
牵手一生的风雨
默契的眼神温暖在心上
从不靠神灵庇佑
她的陪伴根植地久天长

母亲的肩膀
凝固了栉风沐雨的形象
离家远行的日子
牵挂的思绪飘荡到远方
从不爱自我褒扬
她的伟大就是平淡家常

啊，母亲的肩膀
温暖，坚韧而又刚强

泪雨送陨星

——沉痛悼念袁隆平院士

今日的长沙被悲痛烧焦
喊声哭声声声响彻云霄
细雨蒙蒙，泪眼蒙眬
车子停下，轮船抛锚
鸣笛，再送你一程吧
“袁爷爷，一路走好！”

田野还在回忆你的微笑
白云还在怀念你的科考
为了大地的丰收啊
您不辞辛苦，日夜操劳
为了人民的温饱啊
您孜孜以求，肝胆相照

一颗巨星陨落了
思念，成了永恒的祈祷
水稻浪谷起伏你的心潮
一粒米诠释你人生坐标
这是责任担当啊
功在千秋，山河炳彪

不朽的感恩

——沉痛悼念袁隆平院士

是你，让贫瘠的土地
长出了丰硕的绿意
饥饿变成了遥远的过去
水稻杂交的智慧
创造了仓廪足实的奇迹

是你，让梦想的土地
绽放了富饶的春晖
田野洒满了憧憬的花蕊
孜孜以求的守望
膜拜了穰穰万家的后稷

是你，让中国的土地
撑起了自强的意志
热血铸起了跋涉的丰碑
一颗种子的力量
彰显了报国为民的伟绩

你，轻轻地走来了

朴实的脚步悄无声息
你，又静静地离去
伟大的功勋青史永垂
袁隆平的名字啊，人们
把不朽的感恩刻在心里

老人与海

老人，海，还有鱼
构筑了生命的三元
没有人的海
大海就失去了灵魂
没有海的向往
人生就失去了桅杆
鱼，在老人与海之间
缔造出一种信念
一次次的无功而返
让孤独沉淀出坦然
保持生的希望
勇气可以永无极限
拼尽所有的接受
不会留下纠结与遗憾
活在自己的国度
续写圣地亚哥的经典

本来，是一首匆匆的歌

——沉痛悼念著名诗人李锋古先生

听说你病了
本来想去医院看看你
你说不急，回家再约
日子过得不知不觉

你又发表诗歌了
本来想邀好友聚一聚
你说不忙，复查再说
这一放又是几个月

与你通了一次电话
本来想问问你的病情
你啥没说，感觉不错
一篇篇发表着佳作

突然看到你的讣告
本来的一切想法终止了
无语凝噎，驾鹤作别
留下一首匆匆的歌

诗人的眼睛

用情感的细网过滤生活
用深度的打磨淬火时光
提纯人间万象
洞察四面八方
心灵的每一次悸动
都是黑夜里闪耀的星光

风会让你流泪
雨会让你迷茫
雷会让你奔放
电会让你闪亮
坚定地站在梦想的山岗
神游故国的鸟语花香

习惯了用意象思索
无畏那一抹寂寞与荒凉
匆匆地向前赶路
月亮树下
深情地守望着诗和远方

扛不起半两善良

——有感于一位慈善人士的义举

中国人的心地
如同海边的沙滩一样酥软
每一个巨浪
都会抚平一片辽阔的港湾

因为，自己的一个谎言
卖野百合的小姑娘，慷慨
借给他仅有的 10 元钱去吃饭
纯朴的举动潮润了心间

于是，倾尽身上的所有钱
为女孩买了猪肉
为她兄妹七个每人买个书包
圣洁的天性，让他赞叹

一把野百合的娇艳
美丽了整个群山
有时，半两的善良
也能压折世俗人性的扁担

幸福来敲门时，你要在家

那条坎坷不平的路
我来来回回不知走了多久
一个又一个年头
一直放不下那些远方的乡愁

以前，我与外公外婆招手
直至他们驾鹤西去，永不回头
后来，我与父母招手
直至他们白发满头，守望窗口
如今，我与孩子招手
只剩下缕缕思念，遥挂月钩

汩汩的小河水
绕过记忆的庄前村后
缓缓的日子
飘过季节的云舒雨骤
最担心的，幸福来敲门时
那盏期待的灯光下
看不见你功成名就的丰收

烛光里的思念

——沉痛悼念江苏省海州师范前校长宋健明先生

你是高举的信念
点亮求知逐梦的火焰
让那期盼的眼睛
找到希冀未来的源泉

你是仁慈的笑颜
温暖迷茫无助的心田
让那自信的脚步
走出贫穷落后的冬天

你是奉献的典范
励志教书育人的誓言
让那无悔的岁月
绽放桃李芬芳的烂漫

你是事业的标杆
勇攀中师教育的峰巅
让那山村的校园
化作人才辈出的摇篮

你是心与心的呼唤
永存师表八荒的风范
让那不灭的烛光
泪祭绵绵不绝的思念

不想后悔

每一次抉择
都是那么倾注心力
从没去想过
还有那么多匪夷所思
总以为
付出后会有回馈
可岁月的感怀
止不住眼中的泪滴
沉重的脚步
想把每一个足迹踏死
谁知歪歪斜斜
就是难以称心如意
不再为从前忏悔
就让这魑魅的世界消失
无声又无息

幸福驿站

当心累了的时候
总想找个地方歇息
把所有的恩怨晒一遍
许多记忆已经遥远
情感也被风干
只有理性在那里坚守
不让历史遛弯
追着岁月赶路
难以对灵魂审判
谁能吾日三省吾身
或许，一次良心发现
就是一个幸福的驿站

父爱

父爱
是朱自清笔下的背影
不论自身走得多么艰难
留下的是感动和温暖

父爱
是洛克菲勒的 38 封家书
道尽成长的至理净言
把路走正，不要走偏

父爱
是面对来自朝鲜的噩耗
用伟人丧子的切肤之痛
诉说什么是大爱在人间

父爱
是一生脸朝黄土背朝天
品尽万般酸甜苦辣咸
为了孩子，却从无怨言

有人说，父爱如山啊

可它有时软得像一杯甘泉
一滴一滴，一口一口
默默地润泽着儿女心田

母爱

在母亲的眼里
孩子是长不大的期冀
在孩子的眼里
母爱是永恒不变的归依
母爱的初心
是不让任何一个掉队
母爱的逻辑
是强者必须为弱者助力
无论岁月走了多远
生活发生多少裂变
只要母爱尚在
这种幸福的沉醉
永远会在心灵深处铭记

结局

越是锣鼓喧天
越是临近剧目的尾声
或许，岁月能懂
当下才是最精彩的历程
东风不来，桃花不灼
你的心是一座温暖的小城
恰如那扇紧闭的窗扉
用真实推开每一个黎明
昨天的故事
已经刻进了失落的心灵
雪花飘落不是结局
因为，既装饰了季节
又孕育了新生

练达

枫叶漫舞的飘逸
那是一首秋风吟诵的诗句
杨柳依依的妩媚
那是一抹春风裁剪的创意
冬梅傲霜的花蕊
那是一种不惧酷寒的骨气
荷花绽放的夏韵
那是一塘芬芳四溢的沉醉
没有四季的演绎
就闻不到成熟的气息
没有沧桑的磨砺
就悟不出人生的奥秘
信仰是命运的旗帜
不敢奢望沿途有多少奇迹
每一个披星戴月的日子
都是人情练达的开始
一个被验证过的规则
你变优秀了
生活才没有了难题

祭奠

每当逢年过节
家人都会来到坟前
烧一些冥币
摆上贡品，点上香烟
给岳父岳母祭奠

岳父在世的时候
喜欢一人静静地吸烟
深吐一口烟圈
盯着它飘得很远很远
心中似有牵挂万千

记得作古的那天
眼睛里噙满了眷恋
口中还一直在念叨着
这可怎么办

匆匆的脚步
走失了多少梦萦魂牵
感怀那一把把心酸
压断多少脆弱的心弦

哎，祭奠，祭奠
倾听遥远的记忆呼唤
这，情何以堪

想说，不再奋不顾身

那是发自灵魂的
一个真实而又遥远的声音
这样的决定不会轻松
生命的河床承载了厚重
就难以跋涉与喘息
放弃曾经的认知
不做飞蛾扑火的化身
松手，告别愚昧
还大地天空海洋一片清新
不想说后悔
珍惜邂逅一场雪的缘分
雪花是结晶的泪
当春风又绿心海时
想说，不再奋不顾身
不过，我依然认真

开局

掀开第一张台历
作别峥嵘岁月的往昔
沐浴着黎明的霞光
迈出辞旧迎新的步履

用一年的憧憬
去编织三百六十五个传奇
用四季的时光
去照亮奋斗者的足迹

梳理梦想的情丝
开垦一块希望的土地
播下努力的种子
一展只争朝夕的气势

幸福在哪里
那是不负韶华的沉思
晨露写下星光的日记
其实并没有秘密
成功就是你当下的奋起

中年行

跋涉千里之外的远方
走不出父母牵挂的目光
奔走追逐梦想的疆场
忘不掉妻儿思念的泪行
既然把责任扛在肩上
就要承受浪迹天涯的荒凉
既然怀揣梦想在路上
就要面对披荆斩棘的悲壮
人到中年啊
脚下的路总是洒满星光
人到中年啊
心灵的歌总是那么悠长
岁月流逝得太匆忙
时光容不得细思量
昨日还挽着青春的臂膀
今日已拄着晚年的拐杖
春晚的笑声里
有多少希望，多少沧桑
追求的背影里
有多少无奈，多少坚强
这世界很大啊

全部浓缩在中年人的胸膛
这世界很重啊
压不垮的是中年人的脊梁

生活的纤夫

每一天行走，都是在爬坡
每一声吭唷，都是坚韧的传播
生活是一首纤夫的歌
在心灵的河床上
沧桑着岁月，跋涉着蹉跎
在四季的风雨中
感悟着深浅，品味着苦乐
人生何处是港湾
远方，明月撩起一轮清波

旋转的风轮

旋转的风轮
守护着静谧的湖岸
永不疲倦
有风无风的日子
满目噙满波光潋滟
赶早的清晨
习惯了相约陪伴
开心的时光
是清风把心结吹散
风轮转啊转……

聚焦

聚焦舞台
主角是最闪亮的形象
因为奉献，担当了核心力量
掌声自然成了最公正的嘉奖！

聚焦生活
强者是被崇拜的榜样
因为热爱，播种了成长希望
选择支撑起人生无畏的坚强！

聚焦事业
成功是去超越的方向
因为执着，怀揣了一路梦想
汗水凝聚成必胜信念的力量！

聚焦世界
协作是同发展的桥梁
因为和平，创造了共赢市场
买卖全球绽放进博会的荣光！

聚焦未来

精彩是致青春的华章
因为追求，铸造了时代辉煌
改革巨轮开辟新征程的启航！

聚焦人生
前途是有光亮的远方
因为有爱，温暖了大漠沧桑
日月星辰辉耀千万年的流芳！

啊，每个被聚焦的地方
都会留下回味不尽的诗行！

赋能平淡

没有永远的星光灿烂
也不会始终一马平川
生活的日子总有寂寞陪伴
精彩的人生背后都是平凡
向往春暖花开得鲜艳
便有秋至凋零的伤感
选择了目标
便扬起了远航的帆
迈出了脚步
便亮出了无悔的剑
坚守时光如水的从容果敢
赋能岁月如歌的无畏平淡
心如止水
阔步向前

寻找

出行都有相似的习惯
总会带着寻找去发现
你寻找对亲人的思念
我寻找对故乡的眷恋
你寻找对风景的惊叹
我寻找对传说的印验
快乐的路程没有长短
寄托未必在山水之间
既然春风已经美丽了人间
最宜的风景来自爱的慧眼
看的是天涯海角的遥远
想的是当下的星星点点
生活啊
总有无尽的梦想期盼
现实啊
总有了结不完的心愿

给心灵放歌

给心灵放歌
让真诚无私相约
简单是信任之花
快乐是灵魂之果
携手岁月贵在没有纠结
共度蹉跎难得助人为乐
面对，能送来微笑
转身，能为君踏歌
捧出善良和豁达
让心灵洒满爱的光泽
不为别的，只为
拥有一段最圣洁的生活

无问东西

生命是一种归来
不是一直向前的懵懂和追逐
而幸福的准则
在于倾听内心里的声音
不要迷失自己
爱你所爱，行我所行
坚定走在回归的田园里

人生可以去规划
实现成功拥有不一样的模式
而生活的意义
在于坚信个性化的珍贵
不要盲目追随
保持节奏，守住时区
岁月就会把你想要的给你

做生命的主人吧
无问东西

不能没有

不能没有真诚
那升起的旭日
绽放的是你灿烂的笑容
不能没有坚忍
那静默的群山
撑起的是你自强的从容
不能没有品行
那奔流的江河里
埋藏的是你豪迈的奔腾
不能没有包容
那辽阔的宇宙里
装不下的是你博大的心胸
假如没有了这些
人生也就失去了最美的风景

轮椅上的父亲

父亲，您不用烦恼
尽管天气不好
林中的鸟儿依然起得很早
院里的鲜花依然绽放微笑
不必顾虑行走不了
儿女就是您的双脚

父亲，您不用烦恼
人生总要衰老
强健挡不住岁月的消耗
青春挡不住生活的煎熬
不必记挂重负多少
儿女就是您的依靠

父亲，您不用烦恼
幸福随处可找
晚年的宁静一样很有味道
夕阳的霞光一样令人倾倒
不必在乎讥笑冷嘲
儿女就是您的荣耀

父亲，您不用烦恼
未来一定美好
有根的情意就有绿叶的回报
有水的包容就有四季的妖娆
不必恐惧山高路遥
儿女就是您的路标

学会生活

行走的快乐
是因为你放下了沉重的负荷
让心儿不累
才是最好的健康秘诀
学会生活
贵在懂得松绑自我

厚道

蓦然回首
才看清已走过的路
所有的日子
都是那么令人动情
每一个足迹
把无悔踩在了身后
宽容，消失了苛求
谦逊，赢得了老幼
吃亏，让别人舒服
品格，修成了一道风景
有你在就有温度
自然而然地
福气走进了你的人生

伤别

——写给父亲的诗

因为拥有太多的不舍
最后的时刻
也没有自我放弃的感觉
凝视着世间的一切
反反复复地
回放着人生的一路坎坷
多少沧桑记忆
沦陷在阵阵病痛的漩涡
一次次肝胆欲裂
亦不愿做阴阳两隔
风风雨雨啊
终归大江大河
泪雨滂沱，无语凝噎
万箭穿心，不愿驾鹤
风起的日子
冥冥之中的回音
那是唱给前世今生的挽歌

签约

用诚信做一次对接
把权利义务平等分割
岁月蹉跎
纵横捭阖
磐石般坚守那份执着
践行是最美的风格
站在履约的两岸
湖光山色
任由后人评说

后记

当《打卡的青春》新诗集清样拿到手时，我还是满心欢喜和激动的。因为这将是我人生文学创作收获的第三本诗集了。我深知一直以来我对诗歌创作的投入和挚爱，我也知道作出这种选择的付出和辛苦，但既然迈上了这条路，也就要义无反顾地走下去了。这本诗集选取了已在各类报刊和平台发表发布及获奖的150首诗歌。并按照“信仰灯塔”“青春站台”“时光旅程”“四季风情”和“悟道人生”五个部分进行编排。为了更好地体现我诗歌创作的风格和特点，我又从以前出版的诗集中精选了30余首代表性诗歌补充进来，以强化本诗集的个性品质和主导诗风。

《打卡的青春》在创作风格和艺术特点上，既有传承又有突破。传承的是诗歌作品的醇正、清新、明快、凝练的语言风格，是情感抒发的澎湃与豪迈，是围绕生活意义、职业理想、事业追求、得失成败的求索与感悟，是长期以来坚守的“新格律哲理诗”的美学追求。突破的是主题立意的宏达与高远。我始终围绕家国情怀去抒情言志，状物明理，咏赞青春，追逐时尚，悟道人生。诗集中的作品都聚焦于现实生活的平凡元素，谱写正能量的情感和奋发有为的主旋律，是站在崇高的心灵家园里，来宣扬人间的真善美的。突破的是创作选材的更加宽泛。每一首诗歌的题材摄取，都是那些能触碰自我灵魂深处的“软肋”，大到建党建国、纪念节日、神舟飞天、英雄人物，小到一棵树、一场电影、一个生活瞬间等，都是身边最真实的人、最感人的事，并承载着时代的色彩和历史的回响。突破的是艺术形式的多元与创新。诗歌中的意象创造上更加注重新颖感、现场感和融入感，力求带给读者阅读的耳目一新和别具一格，并不由自主地产生共鸣。实现在思考上找到对应，在认知上找到默契，在心灵上感知到温度。除了部分叙事诗，绝大部分的诗歌都做到短小精悍，易于选用和朗诵。突破的是意境营造的净美含蓄。在诗歌创作中，我始终秉持严谨、内敛、温婉的语境，努力让读者找到一种亲切感和韵律美。几乎在每一首诗中都能找到充满哲思的锦言妙句。突破的是阅读后的穿越感和获得感。事实上，我写诗，不仅是为了发表出版，也是为了寻找栖息情感和灵魂的“圣地”，让读者与我一起共享它的“香甜”与“回味”。每一首诗都是一座情感沟通的“桥梁”，它是打通了“我的世界”与“读者的世界”的渠道，阅读的过程就是“自由出入”的体验，在彼此的呼应中找到阅读的欢唱与共鸣。

关于诗集选用“打卡的青春”作为书名，那是因为该首诗歌较好再现了我“四季轮回”的人生，在“一年又一年”“行色匆匆”的步履中，理解了“打卡无悔是最美的青春”。诗集中有较多篇幅对青春芳华的讴歌与赞美，对生命价值的追求和呼唤，对人生意义的拷问与解读。作为一名金融管理者，我每天与众多的年轻人在一起生活与工作，一起营销和创业，血液中流淌的全是激情和火热，“打卡的青春”非常符合整本诗集的价值审美走向，体现了诗集的中心内涵。在“青春站台”这一辑，多层次多维度书写青春打卡的历程与细节，就是为了鼓励更多年轻的朋友不负生命中的那抹绿色，在人生奔跑的事业轨道中，让青春岁月生动鲜活起来，走得更坚实，干得更精彩。

日本企业家稻盛和夫将人生的成功总结为一个公式：成功＝思索方式×热情×能力。从这个等式出发，稻盛和夫认为，个人即使有能力而缺乏热情，也不会有好结果；自知缺乏能力，而能以燃烧的激情对待人生和工作，最终一定能够取得比拥有先天资质的人更好的成果。如何点燃激情，文学是不可缺失的精神营养。当然诗歌是必不可少的艺术形式。近几年，我先后出版了《逝水流年》《幸福的意外》两本诗集，得到许多文友和读者的认同。如今我对《打卡的青春》这本诗集寄予了更高的期待，因为我觉得这本诗集不仅呈献给读者一首首诗歌，更提供了一种种支撑人生走向强大的信念的力量，还有那缕缕留在岁月里的灿烂夺目的青春光芒。是为记。

庞　涛

2022年3月10日于连云港